A ESPECULAÇÃO IMOBILIÁRIA

Obras do autor publicadas pela Companhia das Letras

Os amores difíceis
Assunto encerrado — Discursos sobre literatura e sociedade
O barão nas árvores
O caminho de San Giovanni
O castelo dos destinos cruzados
O cavaleiro inexistente
As cidades invisíveis
Coleção de areia
As cosmicômicas
O dia de um escrutinador
Eremita em Paris
A especulação imobiliária
Fábulas italianas
Um general na biblioteca
Marcovaldo ou As estações na cidade
Os nossos antepassados
Palomar
Perde quem fica zangado primeiro
Por que ler os clássicos
Se um viajante numa noite de inverno
Seis propostas para o próximo milênio — Lições americanas
Sob o sol-jaguar
Todas as cosmicômicas
A trilha dos ninhos de aranha
O visconde partido ao meio

Contos fantásticos do século XIX (org.)

ITALO CALVINO

A ESPECULAÇÃO IMOBILIÁRIA

Tradução:
MAURÍCIO SANTANA DIAS

COMPANHIA DAS LETRAS

Copyright © 2002 by Herdeiros de Italo Calvino
Todos os direitos reservados

Grafia atualizada segundo o Acordo Ortográfico da Língua Portuguesa de 1990, que entrou em vigor no Brasil em 2009.

Título original:
La speculazione edilizia

Capa:
warrakloureiro

Preparação:
Amelinha Nogueira

Revisão:
Ana Maria Barbosa
Luciane Helena Gomide

Dados Internacionais de Catalogação na Publicação (CIP)
(Câmara Brasileira do Livro, SP, Brasil)

Calvino, Italo, 1923-1985.
    A especulação imobiliária / Italo Calvino ; tradução Maurício Santana Dias. — São Paulo : Companhia das Letras, 2011.

    Título original: La speculazione edilizia.
    ISBN 978-85-359-1938-7

    1. Ficção italiana I. Título.

11-07800   CDD-853

Índice para catálogo sistemático:
1. Ficção : Literatura Italiana   853

2011

Todos os direitos desta edição reservados à
EDITORA SCHWARCZ LTDA.
Rua Bandeira Paulista, 702, cj. 32
04532-002 — São Paulo — SP
Telefone (11) 3707-3500
Fax (11) 3707-3501
www.companhiadasletras.com.br
www.blogdacompanhia.com.br

A ESPECULAÇÃO IMOBILIÁRIA

Os locais, os fatos, as pessoas e os nomes citados nesta narrativa são absolutamente fantasiosos e não têm nenhuma relação com a realidade, a não ser por acaso.

1

Erguer os olhos do livro (sempre lia no trem) e reencontrar a paisagem parte por parte — o muro, a figueira, a nora, os juncos, a cadeia rochosa —, as coisas vistas desde sempre e que somente agora, por ter estado distante, percebia: era assim que, todas as vezes que voltava para ali, Quinto retomava contato com sua terra, a Riviera. No entanto, como já fazia anos essa história de distância e de retornos esporádicos, qual era a graça? Ele já sabia tudo de cor; mesmo assim, continuava buscando novas descobertas, de relance, um olho no livro e outro para além da janela, e era quase uma mera checagem de observações, sempre as mesmas.

Mas toda vez havia algo que interrompia o prazer desse exercício e o forçava a voltar às linhas do livro, um incômodo que nem ele entendia bem. Eram os edifícios: todas essas novas construções que surgiam, conjuntos urbanos de seis, oito andares, a reluzir maciços como barreiras de contenção contra o desmoronamento das encostas, debruçando sobre o mar o maior número de janelas e varandas que podiam. A febre do cimento se apossara da Riviera: ali se avistava um prédio já habitado, com os canteiros de gerânio todos iguais nas sacadas; aqui, moradias recém-terminadas, com os vidros marcados por serpentes de giz, à espera de famílias lombardas ansiosas pelo banho de mar; mais adiante, um castelo de andaimes e, embaixo dele, a betoneira girando e o cartaz da imobiliária anunciando a venda de unidades.

Nas cidadezinhas íngremes, dispostas em patamares, os prédios novos brincavam de montar uns nos ombros dos outros, e, em meio àquilo, os donos das casas antigas espichavam o pescoço dos telhados. Em ***, a cidade de Quinto, antes circundada por umbrosos jardins de eucaliptos e magnólias onde, de uma sebe a outra, velhos coronéis ingleses e misses idosas se emprestavam mutuamente edições Tauchnitz e regadores, as escavadeiras agora reviravam o terreno macio das folhas apodrecidas ou granuloso do pedrisco das aleias, enquanto as picaretas demoliam os sobrados de dois andares e os machados abatiam num chiado de papel os leques das palmeiras washingtônias, varridas do céu onde surgiriam os futuros três quartos ensolarados com área de serviço.

Quando Quinto subia até sua casa, que noutros tempos dominava toda a extensão dos telhados da cidade nova e os bairros baixos da marina e do porto, mais para cá o monte de casas mofadas e musguentas da cidade velha, entre a encosta oeste da colina onde os olivais se adensavam sobre os hortos e, a leste, um reino de palacetes e hotéis verdes como um bosque, sob o dorso árido dos campos de cravos cintilantes em serras que se estendiam até o Cabo, agora não avistava mais nada, só um sobrepor-se geométrico de paralelepípedos e poliedros, pontas e lados de casas, de cá e de lá, tetos, janelas, muros cegos para servidões contíguas com apenas os basculantes esmerilhados dos banheiros uns sobre os outros.

Toda vez que ele chegava a ***, a primeira coisa que sua mãe fazia era levá-lo ao terraço (ele, com uma saudade indolente, distraída e logo inapetente, teria ido embora sem subir até lá): — Agora vou lhe mostrar as novidades — e indicava as novas construções. — Ali os Sampieri estão levantando mais um andar, aquele lá é o prédio novo de um pessoal de Novara, e as freiras, até as freiras — lembra o jardim com bambus que a gente via lá embaixo? —, agora veja o buraco que elas fizeram, quem sabe quantos andares vão querer erguer com essas fundações! E a araucária da vila Van Moen, a mais linda da Riviera: agora a empresa Baudino comprou toda a área, e uma árvore que devia ter sido tombada pela prefeitura virou madeira de lenha; aliás, seria impossível transplantá-la, quem sabe até onde iam as raízes. Agora venha ver desse lado: a gente já não tinha vista para o nascente, mas veja o novo telhado que apareceu; pois bem, agora o sol da manhã chega meia hora depois.

    E Quinto: — Ah! Oh! Mas que coisa! Oh, minha cara ! — só conseguia emitir exclamações inexpressivas e risinhos, entre o "Mas o que se pode fazer?" e até um certo prazer diante dos danos mais irreparáveis, talvez por um resquício de gosto juvenil pelo escândalo, ou por uma ostentação de sabedoria de quem sabe ser inútil a ladainha contra o movimento da história. No entanto, a visão de uma cidade que era sua e que estava afundando daquele jeito no cimento, sem que ele nunca a tivesse realmente possuído, feria Quinto. Mas é preciso dizer que ele era um adepto do historicismo, um homem avesso a melancolias, viajado etc., enfim, não se importava nada com aquilo! Estava pronto a exercer violências ainda mais duras, ele, em pessoa, e sobre a própria vida. Quase teria gostado que sua mãe, ali, no terraço, lhe tivesse dado mais isca para essas suas contradições, e aguçava os ouvidos para colher nas resignadas denúncias que ela acumulava entre uma visita e outra os acentos de uma paixão que ia além do lamento pela querida paisagem que morria. Mas o tom de ponderada recriminação de sua mãe jamais beirava aquele declive acrimonioso e, mais no fundo, maníaco sobre o qual todas as queixas insistentes tendem a inclinar-se, revelando-se apenas em alguns termos alusivos da arenga: dizer, por exemplo, "eles" para referir-se aos que estavam construindo, quase como se estivessem unidos contra nós, e "olha o que estão fazendo com a gente" para qualquer coisa que prejudique a nós e a tantos outros; não, ele não via nenhuma ponta de polêmica na serena tristeza de sua mãe, e assim crescia ainda mais sua ânsia por sair da passividade e passar ao ataque. Eis que agora sua cidade, aquela parte amputada de si, tinha uma nova vida, uma vida monstruosa e antiestética, e por isso mesmo —

pelos contrastes que dominavam as mentes educadas na literatura — mais viva que nunca. E ele não participava dela; ligado aos lugares apenas por um fio de excitação nostálgica, e, pela desvalorização de uma área semiurbana não mais panorâmica, dela recebia somente um malefício. Ditada por esse estado de ânimo, a frase "Se todos estão construindo, por que a gente não constrói também?", que ele lançara ali, num dia em que conversava com Ampelio na presença da mãe, e a exclamação dela, com as mãos erguidas às têmporas: — Pelo amor de Deus! Coitado do nosso jardim! —, tinham sido a semente de uma série já longa de discussões, projetos, cálculos, pesquisas, tratativas. E agora Quinto volta à cidade natal justamente para dar início a uma especulação imobiliária.

2

Mas, refletindo sozinho, como fazia no trem, as palavras da mãe lhe tornavam à memória transmitindo-lhe um sombrio mal-estar, quase um remorso. Era o lamento que a mãe punha nelas por uma parte de si, de si mesma, que se perdia e da qual ela sentia não ser capaz de refazer-se, a amargura que colhe a velhice, quando cada injustiça geral que de algum modo nos atinge é uma injustiça cometida contra nossa própria vida, da qual não seremos mais ressarcidos, e cada coisa boa da vida que se perde é a própria vida a ir embora. E, justamente no modo ressentido de reagir, Quinto reconhecia a crueldade dos otimistas a qualquer custo, a recusa dos jovens em admitir-se minimamente derrotados, convictos de que a vida sempre lhes devolverá o que foi retirado, e se agora ela destrói um marco querido de sua terra, uma cor ambiente, uma beleza civilizada mas inartística, e por isso mesmo dificilmente defensável e memorável, com certeza depois dará outras coisas, outros bens, outras ilhas Molucas ou Açores, elas também perituras, mas desfrutáveis. E mesmo assim ele sentia quanto era equivocada essa crueldade juvenil, quanto dilapidadora e prenunciadora de um sabor precoce de decrepitude, e também quanto era impiedosamente necessária: enfim, ele sabia tudo, o maldito! Sabia inclusive que, em termos absolutos, quem tinha razão era sua mãe, que não pensava em nada disso, mas apenas o informava a cada vez, com natural preocupação, das construções verticais dos vizinhos.

Ora, Quinto ainda não ousara dizer à mãe o que ele tinha em mente. Agora estava indo a *** precisamente para isso. Era uma ideia só sua, não tinha falado sobre isso nem com Ampelio; aliás, fazia pouquíssimo tempo que a ideia se configurara como uma decisão urgente, e não como uma hipótese, uma possibilidade sempre aberta. O único ponto pacífico e já quase concluído — com o resignado assentimento da mãe — era a venda de uma parte do jardim. Porque a essa altura já se viam compelidos a vender.

Era a época terrível dos impostos. Dois pesadíssimos tinham estourado de repente e quase ao mesmo tempo, logo após a morte do pai, que, com seus surdos resmungos e escrúpulos até excessivos, sempre cuidara desses assuntos. Um deles era o "imposto extraordinário sobre o patrimônio", uma cobrança desavergonhada e vingativa, decretada pelos governos do primeiro pós-guerra, mais severos com os burgueses, e até então procrastinada por lentas burocracias, para deflagrar agora, quando menos se esperava. O outro era o imposto de sucessão sobre a herança paterna, um tributo que parece razoável a quem vê de fora, mas que, para quem sofre na pele, tem a virtude de parecer inconcebível.

Em Quinto, a preocupação de não ter no mundo nem a décima parte da verba necessária para pagá-los, e o atávico rancor dos agricultores lígures parcimoniosos e antiestatistas contra o fisco, e ainda a inelimável acrimônia dos honestos que se consideram os únicos seres massacrados pelos impostos, "enquanto os grandes, como se sabe, sempre conseguem escapar", e mais a suspeita de que houvesse naquele labirinto de cifras uma arapuca evitável, mas que só nós desconhecemos, todo esse torvelinho de sensações que os pálidos carnês de impostos suscitam nos corações dos contribuintes mais imaculados se misturava com a consciência de ser um mau proprietário, incapaz de fazer render os próprios bens e que, numa época de contínuos e aventurosos movimentos de capitais, tráficos de influência e giro de promissórias, continua de braços cruzados, deixando seus terrenos desvalorizarem. Assim ele percebia que, nessa maldade tão desproporcional da nação contra uma família carente de recursos, agia com lógica luminosa aquilo que, em linguajar jurídico, costuma chamar-se "o entendimento do legislador": golpear os capitais improdutivos, e quem não consegue ou não tem vontade de fazê-los render que se vire.

Além disso, como a resposta a quem quer que indagasse — nas repartições da receita, nos bancos, nos tabeliães — era uma só: vender, "Todos estão fazendo isso: para pagar os impostos, precisam vender alguma coisa" (em que o "todos" evidentemente significava "todos aqueles como vocês", isto é, velhas famílias de proprietários de pequenos olivais improdutivos ou de casas com aluguéis suspensos), Quinto logo fixou o pensamento no chamado terreno "dos vasilhames".

Esse terreno "dos vasilhames" era um lote antes usado para o cultivo da horta, anexo à parte mais baixa do jardim, onde havia justamente uma casinha, um velho galinheiro mais tarde transformado em depósito de vasos, adubo, ferramentas e inseticidas. Quinto o considerava um apêndice acessório da propriedade e não era ligado ao local nem sequer por memórias de infância, porque todas as coisas de que se lembrava tinham desaparecido: o poleiro com o passo preguiçoso das galinhas, os sementeiros de alfaces perfuradas pelas lesmas, os tomates que alongavam o pescoço subindo por finos caniços, o desabrochar serpentino das abobrinhas sob as folhas derramadas pelo solo e, bem no meio, elevadas sobre as hortaliças, duas deliciosas ameixeiras da variedade Rainha Cláudia, que, depois de uma longa velhice, exalando seiva e apinhadas de formigas, secaram e morreram. Essa horta, a mãe, pouco a pouco diminuindo o consumo doméstico de verduras (os filhos ausentes, estudando e depois trabalhando, os velhos um a um desaparecidos, e por fim o marido, ainda incansável e vibrante, deixando-lhe de repente o sentimento da casa vazia), a mãe começou a invadi-la com suas plantas de jardim, fazendo dali uma espécie de posto de triagem, de viveiro, e transformando o ex-galinheiro em depósito de vasos. Assim o terreno acabou revelando dotes de umidade e de exposição solar especialmente propícios a certas plantas raras, que, acolhidas ali provisoriamente, depois se estabeleceram em definitivo; e agora o local exibia um desarmônico aspecto, entre agrícola, científico e precioso, e era lá que a mãe preferia passar as horas, mais que em qualquer outro lugar acanteirado e cascalhoso do jardim.

— Vamos vender aquilo lá: é área edificável — dissera Quinto.

Ao que a mãe respondeu: — Muito bem, e as calceolárias, para onde vou transplantá-las? Não tenho mais nenhum espaço no jardim. E os pitósporos, que já estão bem altos? Para não falar da latada de *plumbago*, que se perderia... E depois — se deteve, como tomada de um temor imprevisto —, e depois, se o terreno for mesmo vendido e quiserem construir nele? — e a seus olhos se apresentou o muro cinza de cimento fincado no verde do jardim, transformando-o num fundo frio de pátio, num poço sem luz.

— Mas claro que vão construir! — irritou-se Quinto. — Estamos vendendo justamente para isso! Se não fosse uma área edificável, quem o compraria?

Mas não foi fácil achar um construtor que quisesse comprá-lo. As empresas buscavam zonas novas, perto do mar, com vista livre; aqueles arredores já estavam apinhados de edifícios, e não tinha cabimento propor que moradores de Milão e de Biella à procura de apartamentinhos em *** viessem se entocar naquele buraco. De resto, o mercado imobiliário dava sinais de saturação, para aquele verão já se previa uma leve queda na procura, duas ou três empresas que tinham dado um passo maior que a perna se viram atoladas em promissórias até o pescoço e faliram. Foi preciso abaixar o preço inicialmente fixado para o terreno dos vasilhames. Os meses passaram, passou um ano, e ainda não aparecera comprador. O banco já não queria antecipar o parcelamento dos impostos e ameaçava com uma hipoteca. Finalmente Caisotti se apresentou.

3

Caisotti veio com o sujeito da Agência Superga. Quinto não estava, nem Ampelio. Foi a mãe quem os levou para conhecer o terreno. — É um homem muito tosco — a mãe disse depois a Quinto —, não sabe nem falar italiano direito; mas estava com aquele tagarela da imobiliária, que falava por dois. Enquanto caminhava com uma trena pelas margens do terreno, Caisotti prendeu a manga da camisa nuns espinhos de roseira, que a mãe retirou um a um, com paciência.

— Não quero que me diga que já estou levando coisa que não me pertence — disse, rindo.

— Ah, só faltava essa — respondeu a mãe. Depois se deu conta de que o homem tinha um pouco de sangue no rosto: — Oh, o senhor se arranhou?

Caisotti fez um movimento de ombros; molhou um dedo de saliva e o passou na bochecha, limpando com a baba as gotinhas de sangue. — Vamos subir até a casa, para pôr um pouco de álcool nisso — disse a mãe; assim lhe coube desinfetá-lo, e o tom de severidade que tinha dado à conversa, acerca do valor que não podia ser abaixado de modo nenhum ("seja como for, preciso falar com meus filhos, e depois o senhor terá uma resposta"), sobre as cláusulas inderrogáveis relativas ao gabarito e às janelas, foi aos poucos se abrandando, cedendo às maneiras melífluas de Caisotti, que punha tudo num plano conciliatório, vago e procrastinador.

Enquanto isso o sujeito da Agência Superga, um homenzarrão vestido de branco, toscano, não parava de falar: — Como lhe disse, senhora professora, para mim seria uma grande satisfação poder fechar um negócio com um amigo como o senhor Caisotti, acredite, porque Caisotti — permita-me dizer, que o conheço há tantos anos — é uma pessoa com quem sempre se pode chegar a um acordo, e com certeza está disposto a facilitar para a professora, e a senhora pode estar certa de que ficará satisfeita, porque não haveria situação melhor...

E a mãe, com a cabeça em seus próprios pensamentos: — Ah, sim, o melhor de tudo seria não vender... Mas como é possível?

Era um homem do campo, o tal Caisotti, que depois da guerra se metera a construir e tinha sempre três ou quatro canteiros de obra em atividade: comprava uma área, levantava um prédio tão alto quanto permitissem os regulamentos da prefeitura e com o maior número de apartamentos que coubesse nele, vendia esses apartamentos enquanto ainda estavam em construção, terminava de qualquer jeito e com o dinheiro obtido comprava imediatamente outras áreas a serem construídas. Quinto foi logo chamado por uma carta da mãe, para fechar o negócio. Ampelio mandou um telegrama dizendo que não podia ir por causa de certos experimentos, mas que não descessem abaixo de determinada cifra. Caisotti aceitou o preço, e Quinto o achou estranhamente benévolo; depois disse isso à mãe.

E ela: — Mas não viu que cara falsa, que olhos miúdos?

— Falsíssima — disse Quinto. — E daí? Por que deveria ter uma cara sincera? Para que a gente acreditasse nele? Aí, sim, seria uma falsidade... — Quinto interrompeu, percebendo que estava exaltando-se com a mãe, como se a coisa mais importante fosse aquela cara.

— De todo modo, eu desconfiaria... — disse a mãe.

— Claro — disse Quinto, estendendo as mãos abertas. — Eu também. E ele também desconfia de nós, não viu como para diante de qualquer coisa que dizemos, como demora antes de responder... — Isso era algo que dava satisfação a Quinto, pena que sua mãe não entendesse, essa relação de espontânea e recíproca suspeita que imediatamente se instaurara entre o construtor e eles, uma autêntica relação entre gente que defende os próprios interesses, entre gente que sabe se cuidar.

Caisotti voltara à casa para definir as tratativas, com Quinto presente. Entrara de lábios franzidos, compungido como numa igreja, e tirara com certa demora o boné cáqui com viseira, à americana. Era um homem de uns quarenta e cinco anos, de estatura bem baixa, mas robusto e de ombros largos, daqueles que em dialeto se chamam "talhados a machado", querendo dizer a facão. Vestia uma camisa quadriculada, de caubói, que avançava no ventre um tanto protuberante. Falava devagar, com uma cadência chorosa, como num agudo lamento interrogativo, típico das cidades pré-alpinas da Ligúria.

— Então, como eu já disse à senhora sua mãe, se houver um passo de sua parte, eu também dou um passo, e nos encontramos no meio do caminho. Minha oferta é a mesma.

— É muito baixa — disse Quinto, embora já estivesse decidido a aceitá-la.

A cara do homem, larga e carnuda, era como feita de uma matéria demasiado informe para conservar lineamentos e expressões, e estes eram logo levados a desmanchar-se, a desmoronar, quase sorvidos não tanto pelas rugas marcadas com certa profundidade apenas nos cantos dos olhos e da boca, mas pela porosidade arenosa de toda a superfície do rosto. O nariz era curto, quase achatado, e o excessivo espaço deixado à mostra entre as narinas e o lábio superior dava ao rosto uma ênfase ora estúpida, ora brutal, conforme a boca estivesse aberta ou fechada. Os lábios eram altos em torno ao centro da boca, como aureolados de ardor, mas sumiam inteiramente nas extremidades, como se a boca se prolongasse num corte fino até a metade da face; isso lhe dava um aspecto de tubarão, reforçado pelo escasso relevo do queixo sobre a garganta larga. Porém os movimentos mais inaturais e penosos eram os que diziam respeito às sobrancelhas: ao ouvir, por exemplo, a seca resposta de Quinto "É muito baixa", Caisotti fez que ia recolher as sobrancelhas claras e ralas no meio da fronte, mas só conseguiu erguer um meio centímetro de pele sobre o ápice do nariz, fixando-a numa instável ruga circunflexa e quase umbilical; repuxadas para cima por esta, as curtas sobrancelhas caninas, de caídas que eram, se tornaram quase verticais, ambas trêmulas no esforço que as mantinha tesas, propagando sua crispação para as pálpebras que se retorciam numa franja de ruguinhas minúsculas e vibrantes, como se quisessem esconder a inexistência dos cílios. E assim permaneceu de olhos semicerrados, com aquele ar de cão que apanhou, dizendo lamentosamente: — Então os senhores me digam o que devo fazer: eu lhes mostro os orçamentos, lhes mostro os preços que valem as unidades de um prédio a ser construído ali, em área estreita e sem sol, lhes mostro tudo, e os senhores me dirão quanto posso ganhar com isso ou se vou ter de trabalhar no prejuízo. Eu me submeto ao que os senhores me disserem...

Esse papel de vítima submissa já havia despertado suspeitas em Quinto. — No entanto — ele disse, conciliador e disposto à equidade —, o lugar é central...

— Sim, é central, é central... — admitiu Caisotti, e Quinto ficou satisfeito por terem reencontrado um ponto de acordo e também porque a ruga do empresário se aplainou, amainando a posição inatural das sobrancelhas. Mas Caisotti insistia no mesmo tom: — Claro, não vai ser um prédio muito bonito — disse, dando em seguida aquilo que a mãe de Quinto depois chamaria de "sua risada feia" —, os senhores compreendem que só posso fazer uma construção voltada para esse lado — e fazia gestos com os braços curtos e roliços —, certamente não vai ser um prédio muito bonito, mas o senhor está me dizendo que a zona é central, e eu lhe dou razão...

Aquela frase sobre o prédio não muito bonito tinha deixado a mãe alarmada. — Mas antes nós queremos ver seu projeto — disse — e ter o direito de aprová-lo. O senhor sabe, vamos ter esse prédio sempre diante dos olhos...

Quinto fizera uma expressão ao mesmo tempo de fatalismo e de altivez, como de um homem que sabe muito bem que se poderia pedir tudo à futura construção, menos que fosse bonita; aliás, era preciso torcer para que fosse anônima, inexpressiva, que se confundisse com os edifícios mais anônimos do entorno, marcando sua total estranheza em relação à casa deles.

Mas Caisotti fazia ares de condescendente: — É claro, os senhores vão ver o projeto. Olhe, vai ser um edifício de quatro andares, só posso levantar quatro porque é o que permite o zoneamento da prefeitura, e vai ser um edifício igual a todos os outros de quatro andares. Mas, para conseguir a aprovação do departamento técnico, eu preciso apresentar o projeto, e assim que o tiver terminado vou trazê-lo aos senhores e os senhores me dirão... — o tom remissivo se tornava oprimente, ameaçador —, lhes trago tudo, e isso quer dizer que os senhores vão decidir... Trago até os valores de quanto vai me custar a obra e quanto vou ter de lucro, e os senhores, que são pessoas instruídas e entendem disso mais que eu...

— Não é questão de ser instruído, Caisotti — disse Quinto, logo irritado, sempre muito suscetível a tudo o que lhe lembrasse sua condição de intelectual —, o senhor sabe perfeitamente até que ponto pode subir a oferta, assim como nós sabemos até que ponto podemos descer...

— Mas, se o senhor já pensa em descer, o que estamos discutindo aqui? — disse Caisotti, e riu para si, baixando e balançando a cabeça (Quinto notou o cachaço taurino e como submetido a um contínuo esforço), movendo para cima os cantos da boca, e era tubarão, tubarão e touro bufando pelas narinas, não se sabe se por escárnio ou numa contenção de ira, mas ao mesmo tempo também era um pobre homem que diz para si: "É inútil, já sei que querem me passar a perna dizendo uma coisa por outra e no final vou cair nessa...".

Quinto sentiu que aquela frase do "descer" era a última que devia pronunciar. — De qualquer modo, vamos chegar a um acordo — emendou, retomando as fórmulas vagas que Caisotti apreciava.

Mas nem assim as coisas se ajeitaram; porque Caisotti, sempre com seu risinho doloroso de homem submetido a maus-tratos, disse: — Vamos chegar a um acordo, sim, ou seja, os senhores me dirão o que devo fazer, porque adiamos, adiamos, e eu, se não trabalhar no verão, vou trabalhar quando? Para mim, quando as chuvas começam, não há muito que fazer...

Sua cara, cerrada nos olhos, inexpressiva na boca aberta, consistia toda nas bochechas, desarmada. E, na face esquerda, pouco acima da linha que marcava a superfície granulosa da barba, quase sob o olho, Quinto viu o arranhão ainda fresco da rosa. Esse detalhe parecia insinuar no rosto curtido de homem maduro uma espécie de fragilidade infantil, como também o cabelo cortado rente, quase rapado na cabeça toda nuca, e como o tom choroso da voz e a própria maneira meio perdida de olhar as pessoas; e Quinto já estava prestes a ceder ao desejo de mostrar-se bom e protetor com ele, pois daquela imagem de um Caisotti menino de cinco anos ficava excluída a ameaça do tubarão, ou do enorme crustáceo, do caranguejo, tal como ele aparecia com as mãos espessas abandonadas nos braços da poltroninha. Assim, em meio a sentimentos contrastantes, Quinto prosseguia com as tratativas. E cada vez mais lhe ficava claro este fato: que aquele Caisotti ali lhe agradava.

4

— Achamos um comprador para o terreno.
— Já era hora.
O advogado Canal tinha sido colega de escola de Quinto. De baixa estatura, estava afundado na grande poltrona atrás da escrivaninha, com a cabeça enterrada nos ombros, enquanto o rosto ligeiro se alongava em trejeitos entediados.
— Um construtor. Vim saber se você conhece o tipo e se ele é confiável, se tem crédito.
Há anos Quinto e Canal não conseguiam conversar. Nas poucas vezes em que se encontravam, não tinham nada a dizer. Uma vida para cá, outra para lá, cidades, profissões, política, tudo diferente, senão oposto. Agora, porém, havia um assunto prático, uma relação concreta. Quinto estava muito contente com isso.
— Como se chama?
— Caisotti.
— Oh! — exclamou Canal, desfazendo a pose preguiçosa e batendo os braços na mesa. — Você foi desencavar logo o melhor!
Não era um início promissor. Já decidido a defender o empresário, Quinto fez uma temporária concessão aos argumentos de sua mãe: — Bem, eu percebi de cara que tipo ele é, basta olhar a figura. Mas...
— Não é a cara. É que todo negócio em que se mete, toda

construção que levanta, só dá problema. Já atuei em algumas causas contra ele. É o empresário mais pilantra de toda ***.

Quanto mais Quinto ouvia falar mal dele, mais o sujeito lhe agradava: a beleza dos negócios — aquilo que, pela primeira vez, ele acreditava estar descobrindo — era justamente esse misturar-se com gente de toda laia, tratar com pilantras sabendo que são pilantras sem se deixar enganar, e quem sabe tentando enganá-los. O que importava era "o momento econômico", mais nada. Mas irrompeu o temor de que as informações de Canal fossem tão ruins a ponto de desaconselhar o andamento das tratativas.

— Vamos ver — disse. — Com a gente ele não vai trapacear. Se pagar, o terreno é dele; se não pagar, não. É simples. Como está de dinheiro?

— Por enquanto, só se deu bem — disse o advogado. — Veio da montanha para *** com as calças remendadas, meio analfabeto, e agora abre canteiros em todo canto, lida com milhões, faz e acontece na prefeitura, no departamento técnico...

Quinto percebeu um tom familiar no rancor das palavras de Canal; era a velha burguesia do local, conservadora, honesta, parcimoniosa, satisfeita com pouco, sem ousadia, sem fantasia, um tanto mesquinha, que havia meio século se via cercada por mudanças às quais não conseguia fazer frente, vendo gente nova e deselegante ganhar campo, e que toda vez devia recuar da própria oposição cerrada recorrendo à indiferença, mas sempre rangendo os dentes. E não eram esses mesmos sentimentos que moviam Quinto? Só que Quinto sempre reagia se lançando para o outro lado, abraçando tudo o que era novo e contrastante, tudo o que causava violência, e mesmo agora, ali, descobrindo o advento de uma nova classe do pós-guerra, a dos empreendedores improvisados e sem escrúpulos, ele se sentia tomado por algo que se assemelhava ora a um interesse científico ("estamos assistindo a um importante fenômeno sociológico, meu caro..."), ora a um contraditório regozijo estético. A triste invasão do cimento tinha a cara achatada e informe do novo homem Caisotti.

— Quanto ele ofereceu?

Quinto contou sobre as primeiras tratativas. Estava de pé e olhava do peitoril. O escritório do advogado Canal ficava na rua elegante de ***, mas a janela dava para o pátio interno: os telhados, os terraços, os muros eram da cidade marítima do século passado, clara de sol e de vento; mas no meio também cresciam andaimes, muros pintados de fresco, prédios de tetos retos com a casinha do elevador no centro.

— Tendo em vista o momento, é um bom preço — resmungou Canal, mastigando um lábio. — Em espécie?

— Uma parte. A outra parte, em promissórias.

— Ah! Até hoje ele não teve nenhuma promissória protestada, acho... Terminou uma construção agora, deveria estar com dinheiro...

— Era o que eu queria saber. Então estamos acertados, é um bom negócio.

— Claro, se fosse o caso de contratá-lo para algum trabalho, comprar dele, eu desaconselharia... Mas aqui, vender a ele ou a outro... Se pagar... Só é preciso cuidado no contrato, os limites de altura, as janelas.

Acompanhou-o até a porta. — Fica um pouco na cidade ou já está de partida?

— Bem, acho que estou indo.

— E como vai o trabalho... suas coisas? — Canal tentou manter a pergunta em termos vagos, sempre temia estar desinformado, porque Quinto mudava frequentemente de ocupação, ramo de atividade, campo de estudos.

Quinto respondia em termos ainda mais vagos: — Ah... Agora estamos com um projeto novo, com uns amigos... Vamos ver...

— E a política?

Sobre este ponto também era difícil falar. Tinham ideias diversas e, estimando-se mutuamente, nem um nem outro tinha vontade de discutir. Mas dessa vez Quinto disse: — Faz um tempo que ando afastado dela...

— É, ouvi dizer...

Quinto o interrompeu: — E aqui? E a política? A prefeitura? Canal era social-democrata, conselheiro municipal.
— Ah, as mesmas histórias de sempre...
— Você está bem? E sua mulher?
— Sim, tudo bem. E você, continua solteiro? Nada em vista? Ah, ah. Bem, me diga alguma coisa quando falar com Bardissone.

5

Quinto saiu tenso depois das últimas frases do diálogo com o velho amigo. Para ir ao tabelião, precisava percorrer um trecho da avenida principal que, por um confuso bloqueio, na maioria das vezes evitava. Em seus retornos a ***, sempre escolhia itinerários que margeassem o campo ou fossem pela beira-mar, onde podia redescobrir sensações de uma memória mais sedimentada, marginal ou menor. Na cidade, não, tudo era feio, a memória era uma tralha de fatos cotidianos. Além disso, nunca sabia se cumprimentava esse ou aquele: a certa altura de sua juventude, tinha rompido com todos, inscrevera-se no partido comunista, ganhara a inimizade de todos; e os que na época foram seus companheiros, pior ainda, agora pareciam lhe devotar uma raiva maior que a dos outros. Agora nem a saudade pelo velho mundo em extinção agia nele: vista daquelas calçadas, a cidade era a mesma de sempre, dolorosamente igual, e o que havia de novo — rostos, juventude, lojas — não contava nada, o tempo da adolescência parecia incomodamente próximo. O que lhe deu para apegar-se de novo a ***? Hoje Quinto só queria livrar-se logo daquela papelada e ir embora. Decididamente, ficar em *** o enchia de tédio.

Firme sobre a bicicleta apoiada ao meio-fio estava um sujeito que Quinto teve a impressão de conhecer. Era um velho magro, de camiseta, os braços bronzeados sobre o guidom, um marceneiro, lembrou Quinto, um companheiro que

até deve ter sido membro do diretório, quando Quinto também participava.
Estava falando com um outro. Quinto passou reto, pensando que ele talvez não fosse reconhecê-lo, mas não desviou o olhar, porque não queria que parecesse que não quisesse cumprimentá-lo. No entanto o marceneiro o olhou e disse ao outro: — Mas é o Anfossi! — e o cumprimentou com ares de estar alegre por revê-lo. Quinto também respondeu com um sinal de saudação e de contentamento, mas sem se deter. O marceneiro, porém, estendeu-lhe a mão e disse: — Como vai, Anfossi? Que prazer revê-lo! Veio passar um tempo com a gente?
Apertaram-se as mãos. O velho marceneiro tinha um rosto que sempre lhe inspirara simpatia, meio de coruja, com óculos de tartaruga, cabelos brancos cortados à escovinha, e Quinto também gostava da voz dele, com seu sotaque largo (devia ser romanholo ou lombardo, estabelecido ali havia anos), e de seu aperto de mão, forte e macio. Mas agora Quinto teria preferido achá-lo desagradável, reconhecer a simpatia humana do marceneiro não entrava em sua disposição de ânimo — a mesma que lhe despertava simpatia por Caisotti —, e de resto, no fim das contas, não tinha vontade de parar. Principalmente depois que o velho (Quinto não se lembrava do nome dele, e isso também o deixava nervoso, porque percebia não ser capaz de responder no mesmo tom sem o chamar pelo nome) desandou a falar: — Oh, a gente acompanha o que você faz, acredite, lemos o que escreveu na imprensa nacional, hein? Não é verdade? — fez, dirigindo-se ao outro —, na imprensa nacional!
"Não sabem que já não estou mais...", pensou Quinto e tentou dizer, dando de ombros: "É, vocês sabem, agora não colaboro mais, já faz um tempo que...", mas o marceneiro não queria saber daquele início de explicação e insistia: — Não, não, são afirmações e tanto, uma beleza! — e Quinto não ousava contradizê-lo.
— Você se lembra dele? — disse o marceneiro indicando o outro homem, inteiramente desconhecido de Quinto.

— Ah, sim, como vai? — disse Quinto.
— É o companheiro Martini, não lembra? — insistia o marceneiro, como se Quinto tivesse confessado que não o conhecia.
— O companheiro Martini, da seção de Santo Stefano!
— Você veio a um encontro na seção, para nos explicar a anistia, isso em 1946! — disse Martini.
— Ah, é verdade! — disse Quinto, que não se lembrava de nenhuma reunião desse tipo.
— Ah, eram os tempos em que se esperava, se esperava... — disse Martini. — Lembra, Masera?

Quinto ficou muito aliviado ao se lembrar do nome do marceneiro, Masera, e, como se o fim da busca pelo nome em sua memória correspondesse ao fim de sua má consciência, conseguiu finalmente olhar Masera com simpatia. Agora se lembrava de uma noite de vento em que pedalavam juntos, numa rua ao longo do mar, de vez em quando ainda interrompida por depressões (a bicicleta de Masera era como a de agora, troncha, enferrujada), indo a uma reunião: e era uma bela lembrança, cheia de saudade.

— Ah, se esperava, naquela época se esperava... — reforçou Masera, mas como quem faz o papel do pessimista e aguarda a emenda de um companheiro mais preparado e culto, ou seja, que diga "E agora também se espera, mais que antes, se luta...". Em vez disso, Quinto não disse nada, e Masera se viu forçado a completar ele mesmo: — E também agora se continua a esperar, hein, Anfossi?

— Ah! — fez Quinto, alargando os braços.
— Aqui a situação é dura, sabe? E lá por suas bandas? Com todas essas demissões, essa canalha... o que os companheiros estão dizendo, os operários?
— Ah, a situação está dura lá também... — disse Quinto.
— Ah, mas está dura em qualquer lugar! — e Masera riu, como consolado pela solidariedade em tempos adversos.
— Fale com ele... — sugeriu Martini a Masera em voz baixa, e Quinto só pescou uma palavra: "conferência".

Masera sorriu com um meneio de cabeça, como quem entende e duvida, como se já tivesse pensado nisso, mas não esperasse conseguir, e então disse, virando-se para Quinto: — Continua sendo aquele sujeito que não quer falar em público? Ou finalmente se tornou um orador? Porque, já que você está aqui, a gente estava pensando se você não viria uma noite lá na seção fazer uma conferência... Sabe, os companheiros iam gostar.

— Não, me desculpem, mas eu já estou de viagem, preciso voltar, e além disso não sirvo para falar, Masera, você sabe...

Masera riu e lhe deu um tapinha no ombro.

— Continua o mesmo de sempre! Ah, mas ele não mudou nada, não é? — perguntou ao desconhecido Martini, que assentiu. Eram gente boa, gente amiga, sem desconfianças; mas Quinto não tinha a mínima vontade de sentir-se entre amigos, ao contrário, o verdadeiro sentido dos tempos era estar com os pés plantados no agora, pistola em punho, como — justamente — entre homens de negócio, proprietários espertos, empreendedores.

Comparou Caisotti, desconfiado, reticente, esquivo, a Masera, confiante, expansivo, sempre pronto a achar certezas para seu ideal: claro, era Caisotti que vivia a realidade dos tempos e também, de certo modo, quem a sofria, aceitando seu peso, ao passo que Masera escapava, tentava conservar-se franco, leal, de coração puro, em um mundo que era o oposto exato disso. Quinto rechaçava a má consciência que o invadia diante da simples ideia do dever social de Masera; lançar-se numa iniciativa econômica, lidar com terrenos e dinheiro também era um dever, um dever quem sabe menos épico, mais prosaico, um dever burguês; e ele, Quinto, era precisamente um burguês — como pudera pensar que não seria?

Agora que recuperara essa segurança em sua natureza de burguês, o mal-estar em relação aos dois operários se atenuou, deu lugar a uma cordialidade genérica e quase desenvolta. Que, aliás, nem era de todo sincera, porque agora, quando começava a despedir-se, estava contente de que conservassem uma boa lembrança dele.

6

As informações sobre Caisotti eram unanimemente negativas: do tabelião Bardissone ao engenheiro Travaglia. Quinto agora se sentia solidário com Caisotti como com uma vítima: toda a cidade queria esmagá-lo, a fina flor tinha se unido contra ele, e o pedreiro montanhês, armado apenas de sua natureza rude e esquiva, resistia.

Mas é preciso dizer que essas informações negativas traziam sempre a chancela que permitia a Quinto decidir em sentido positivo. No fundo, ninguém o desaconselhava inteiramente a fechar o negócio; e Quinto, que sempre gostou de fazer coisas opostas à opinião alheia, mas que, por outro lado, não se arriscaria a tomar nenhuma medida desaprovada com veemência pela maioria, se via na condição ideal para fazer o que queria, com a dose certa de dissenso e de aprovação que lhe serviam.

Além disso, ele gostava — mesmo porque sempre devia superar um incômodo inicial — do contato profissional com os moradores de sua cidade. Até com Luigi Bardissone, que era seu primo de terceiro grau, mas que ele quase não conhecia. Luigi era mais velho uns cinco ou seis anos; quando Quinto entrara no ginásio, a fama de aluno-modelo do primo lhe pesava do alto das classes colegiais; e, como geralmente acontece, uma modesta diferença de idade bastara para marcar uma separação irremediável. Luigi era da turma que teve de servir mais tempo às Forças Armadas; voltou a *** depois da guerra, para reabrir o escritório que os tabeliães Bardissone passavam de geração a geração. O escritório era antigo, confortável, na penumbra das persianas abaixadas; dois retratos do século xviii, homem e mulher com perucas da época, acentuavam a dignidade do local. Luigi era um homem de igreja, e mesmo agora, que era um maduro pai de família, meio corpulento, conservava aquele ar de colegial estudioso e obstinado que às vezes se notava — na fala e no corte de cabelo — em padres e leigos de família burguesa católica. Ele e Quinto se tratavam com uma cortesia quase cerimoniosa, que tentava mascarar a falta de intimidade e a disparidade de opiniões; diante do primo extremista, Bardissone queria ostentar largueza de visão, entendimento, falta de preconceitos; fazia discursos "de esquerda" com a tranquilidade de consciência do homem da ordem; Quinto, ao contrário, sempre com suas contradições internas, comprazia-se em se mostrar ao primo como um homem qualquer, expondo as coisas mais normais e providas de bom senso que podia.

    Naquele dia, sabe-se lá por quê, Luigi desandou a falar da Rússia. Estivera lá durante a guerra, no Donetz. — Ah, a Rússia, a Rússia... Gostaria de voltar agora, fazer uma viagem por lá... Em tempos de guerra, sabe, é outra coisa... Minha vontade era de vê-la agora, os progressos que fizeram, porque, claro, eles fizeram grandes progressos, não é conversa fiada! Vamos, Quinto, por que você não me ajuda a fazer uma viagem à Rússia? Você pode, você conhece... Oh, a população era boníssima, realmente um povo bom...

    — Mas, sabe, eu não tenho... seria preciso dirigir-se... — Subitamente nervoso, Quinto tentava encerrar a conversa. Enfim conseguiu dizer por que estava ali, falou do contrato. — ... e o comprador seria o empresário Caisotti... — concluiu.

    O rosto do tabelião se turvou um pouco. Contraiu os lábios.
— Sim... conheço... conheço... Então, quer dizer que vocês não acharam nenhum outro... Ah, é verdade, faz tempo que queriam vender, me lembro, sua mãe já me falava disso no ano passado...

cheguei até a tratar do caso... mas infelizmente não apareceu ninguém interessado...
— Por quê, esse Caisotti...?
— Caisotti, ora, Quinto, você não está por dentro, há tantos que nem ele, no fundo, não é pior nem melhor que os outros, e nós, pobres tabeliães, estamos sempre aqui, no meio... — Antes de emitir um juízo drasticamente negativo, Bardissone precisava acertar as contas com seu hábito de pesar bem as palavras e, mais ainda, com sua tendência ao possibilismo, a deixar as questões em aberto. — O homem é, como dizer...
— Inconfiável?
— Inconfiável... O homem é inconfiável... O homem é inconfiável... — e, toda vez que repetia a palavra "inconfiável", quase saboreando seu som com os ouvidos, o tabelião tentava diminuir-lhe a gravidade, convencer-se de que era necessário defini-lo como inconfiável, mas que ser inconfiável não era uma característica tão negativa assim. — Em linhas gerais, eu desaconselharia... mas, apesar de inconfiável, continua tendo...
— Crédito?
— Crédito. Eu mesmo tratei de um negócio com ele, faz pouco tempo, para um cliente meu, um negócio que renderá bastante. Tem crédito. No momento, está um tanto sobrecarregado, talvez: pôs muita carne no fogo. Mas, como eu dizia, é preciso cautela.
— Pagar, vai pagar, não é?
— Ah, nós o faremos pagar, fique tranquilo! Ah, estamos aqui para isso! Ah! — e o tabelião se deixou tomar por uma nova expressão de delícia, como se ter imaginado Caisotti por um instante como a encarnação do mal tornasse mais triunfante, agora, a certeza de uma vitória sobre qualquer má intenção possível.
Quinto estava duplamente satisfeito: tornava a sentir-se parte da velha burguesia de sua cidade, solidária na defesa dos modestos interesses ameaçados, e ao mesmo tempo entendia que qualquer movimento seu só fazia favorecer a ascensão dos Caisotti, uma equívoca e antiestética burguesia de nova estampa,

assim como amoral e antiestética era a verdadeira face dos tempos. "É isso mesmo, é isso mesmo", Quinto se obstinava em pensar, "vocês não conseguiram acertar uma!" — e sua tensão polêmica agora se deslocara da pequena sociedade de ***, de sua mãe, de Canal, de Bardissone (e até do marceneiro Masera): agora a briga era com os amigos das grandes cidades do Norte onde vivera por todos aqueles anos, anos passados a fazer projetos sobre a sociedade futura, sobre operários e intelectuais... "Caisotti venceu."

7

Não via a hora de manifestar seu estado de ânimo justamente a esses amigos. Partiu. No dia seguinte já estava em T., almoçando no mesmo restaurante barato de sempre, com Bensi e Cerveteri.

Falavam de fundar uma revista chamada *O Novo Hegel*. A garçonete esperava o pedido dos pratos; já era a terceira vez que vinha, mas os três estavam muito acalorados em seus argumentos para dar atenção a ela.

Bensi olhou o cardápio, leu a lista de pratos, mas nenhum lhe atiçou a imaginação, pois disse:

— E por que não *A Esquerda Hegeliana*?

— Aí eu prefiro *O Jovem Marx*. É mais polêmico.

— Querem fazer os pedidos? — insistia a garçonete.

— Eu diria *A Nova Gazeta Renana*. Tal e qual. *Renana*, sim senhor, *Renana*.

— Quem sabe poderíamos procurar uma capa original da *Neue Rheinische Zeitung* e usar a mesma tipologia... — disse Quinto, cujas observações eram sempre marginais, mas lançadas com desenvoltura e competência. Ainda não tinha encontrado o modo de expressar sua discordância em relação aos dois amigos, embora tivesse ido encontrá-los justamente com esse propósito.

— Em suma: é *Enciclopédia*, o título — disse Bensi, mudando de tom, como se até aquele momento estivessem brincando e, portanto, a proposta de Quinto fosse inteiramente irrelevante —, ou o subtítulo; de qualquer modo, é preciso deixar claro já no nome que tendemos a uma fenomenologia geral que canalize toda forma de consciência para um único discurso.

Nesse ponto, o dissenso entre Bensi e Cerveteri eclodiu, e Quinto não sabia bem que partido tomar. Como tudo convergia para um único discurso, a revista deveria acolher apenas o que estivesse englobado naquele discurso geral ou também o que ainda estivesse fora dele? Cerveteri defendia tudo o que estava de fora: — Eu inseriria uma rubrica sobre os sonhos dos políticos. Vamos convidar vários homens públicos para contar seus sonhos. Quem se recusar, é porque tem algo a esconder.

Bensi foi sacudido por uma de suas risadas nervosas, baixando o rosto até quase a toalha de mesa e levando uma mão aos olhos, como se exprimisse sua dolorosa diversão ao ver o interlocutor perder-se num labirinto do qual somente ele, Bensi, conhecia a saída. — Devemos avançar da ideologia ao sonho, e não do sonho à ideologia — e, como tomado de um ímpeto de maldade, acrescentou: — A ideologia atravessa todos os seus sonhos como borboletas cravadas por alfinetes...

Cerveteri o olhou espantado: — Borboletas? Por que você disse "borboletas"?

Bensi era filósofo, Cerveteri, poeta. Precocemente grisalho, Cerveteri usava óculos pesados e tinha uma cara comprida, na qual melancólicos traços israelitas se anulavam com lineamentos florentinos tanto cultos quanto plebeus, o que resultava numa fisionomia entre agressiva e concentrada, mas no fundo inexpressiva, como a de um ciclista ou de alguém que tenta fixar-se num ponto que se encontra em meio a todos os outros pontos nos quais poderia situar-se. — Por que você disse "borboletas"? Sonhei com uma borboleta esta noite. Uma borboleta noturna. Traziam-me uma grande borboleta noturna num prato, para que eu a comesse, aqui, neste restaurante! — e fez um gesto como se erguesse do prato uma asa de borboleta.

— Uh, *mamma mia!* — disse a garçonete, que viera anotar o pedido da sobremesa e foi-se embora.

Bensi riu com acentuada amargura, quase cansado de que os adversários se entregassem completamente desarmados em suas mãos. — Todo símbolo onírico é uma reificação — disse. — Eis aí o que Freud não podia saber.

Quinto os admirava muito, a ambos, pela inteligência sempre acesa (já seu cérebro frequentemente tendia a cair numa sonolência alheada) e se sentia intimidado diante da vastidão de seu saber e de suas leituras. Indeciso sobre qual partido tomar naquela discussão, cujos termos intuía apenas vagamente, escolheu como de hábito a posição que parecia ir de encontro às suas tendências mais espontâneas, ou seja, a rígida mecânica filosófica de Bensi, contra a atração pelas sensações impalpáveis de Cerveteri. E disse a Bensi, ironicamente, zombando do poeta: — Então por que não a chamamos de *O Jovem Freud*?

O filósofo continuou rindo a mesma risada de antes com Cerveteri, dirigindo a Quinto apenas um aceno de mão, como se quisesse enxotar a piada feito uma mosca. No entanto a piada agradara Cerveteri, que a retomou animado: — Realmente, realmente, eu a chamaria de *Eros e Tânatos*, isso sim! *Eros e Tânatos*!

Bensi juntou as mãos e as apertou até fazê-las estalar, enquanto o rosto se avermelhava e contraía numa gargalhada de dentes cerrados. — Imagine se são eles que vão pôr a história em xeque! Não tem Eros nem Tânatos sem que a dialética pule para fora feito um diabinho, fazendo cuco — e tome-lhe gargalhada.

Bensi tinha a cara redonda e angelical, como certos montanheses que nunca se tornam inteiramente adultos; a testa era acentuadamente convexa sob a onda infantil dos cabelos cacheados, e tão retesada que parecia a ponto de estourar — aliás, às vezes surgiam nela pequenos arranhões, feridas e galos, como se a força do pensamento a sacudisse de todos os lados —, e a carregava para a frente, a testa, cabeça inclinada, como se fosse uma mó que moesse, moesse, ou uma roda dentada que pusesse em movimento complicadas engrenagens, impelida por uma força motriz não bem canalizada e amortecida, que se despendia em mil vibrações secundárias, como no tremor contínuo dos lábios. Durante a discussão, o olhar de Quinto passava alternadamente dos olhos de Bensi aos de Cerveteri. Ambos eram estrábicos, mas o filósofo era estrábico para fora, com um olho que parecia voar atrás das ideias no momento em que elas estavam prestes a escapar do campo visual humano, pela perspectiva mais oblíqua e menos reconhecível; já o poeta era estrábico para dentro, as pupilas próximas e inquietas pareciam preocupadas em verificar, a cada sensação externa, aquilo que ela produzia na zona mais secreta e interior.

— Faremos uma antologia de anúncios fúnebres — disse Cerveteri —, uma rubrica fixa, a cada número, ou então um número inteiro de anúncios fúnebres, do princípio ao fim — e fazia o dedo escorrer sobre o jornal dobrado que trazia nas mãos, bem na coluna zebrada de listras negras dos avisos fúnebres.

Bensi dava de ombros. — Estamos às vésperas de encerrar a consciência universal num cérebro eletrônico.

Cerveteri respondeu com uma longa citação latina.

— Santo Agostinho?

— Lactâncio.

Quinto se distraíra: procurava ouvir o que se dizia nas mesinhas próximas. À direita estava sentada uma família, ou pessoas de duas famílias diferentes, gente do campo que se encontrava na cidade. Era uma mulher que estava falando: sobre o estrago das chuvas na semeadura dos campos de forragem. Devia ser uma proprietária, uma mulher não mais jovem, mas solteira; os homens anuíam às suas palavras, com as caras vinhosas e já sonolentas após o repasto. Talvez fosse um encontro de agricultores de vilarejos distintos, para acertar um casamento; a noiva, diante da família dele, tentava mostrar-se competente, quase como se exibisse para as outras mulheres, revelando-se bem mais que uma simples dona de casa. Quinto foi tomado de uma inveja aguda por tudo o que sentia mover-se entre as pessoas daquela mesa: senso dos interesses, apego às coisas, paixões concretas e não vulgares, desejo de uma melhora não só material e, ao mesmo tempo, um peso plácido e de natureza um tanto oprimente. "Antigamente, só quem gozava de uma renda agrícola podia ser um intelectual", pensou Quinto. "A cultura paga bem caro por ter se livrado de uma base econômica. Antes vivia do privilégio, mas tinha raízes sólidas. Agora os intelectuais não são burgueses nem proletários. De resto, mesmo Masera não me pede senão uma conferência."

Numa outra mesa, uma garçonete bancava a coquete com dois sujeitos maliciosos, ambos de gravata-borboleta e mãos longas. Em meio às cantadas dirigidas a ela, trocavam frases entre si, frases sobre "pontos", "aplicações", "Italgas", "Finelettrica". Deviam ser investidores da Bolsa, gente esperta. Em outro momento, Quinto os teria achado distantes e detestáveis, mas agora, no estado de ânimo em que estava, tinha a impressão de que até aqueles sujeitos encarnassem seu ideal: praticidade, astúcia, funcionalidade veloz de pensamentos. "Se um homem não desenvolve alguma atividade econômica, não é uma pessoa de valor. Os proletários sempre podem contar com a luta sindical. Nós, ao contrário, distanciamos as perspectivas históricas dos interesses e assim perdemos todo o sabor da vida, nos desfazemos, não significamos mais nada."

Cerveteri tinha recomeçado a contar aquele seu sonho: — Era uma borboleta noturna, com grandes asas de desenhos cinzentos, miúdos, estriados, ondulados, como a reprodução em negro de um Kandinsky, ou melhor, de um Klee; e com o garfo eu tentava erguer essas asas que deixavam cair um pozinho fino, uma espécie de pó de arroz gris, enquanto elas se desmanchavam entre meus dedos. Tentava levar à boca os fragmentos de asa, mas entre os lábios eles se tornavam uma espécie de cinza que invadia tudo, que cobria os pratos, se depositava no vinho das taças...

"Minha superioridade sobre eles", pensava Quinto, "é que eu ainda tenho o instinto do burguês, coisa que eles perderam no desgaste das dinastias intelectuais. Vou me agarrar a isso e me salvarei, ao passo que eles se reduzirão a migalhas. Preciso ter uma atividade econômica, não basta vender o terreno a Caisotti, eu também preciso começar a construir, com o dinheiro que Caisotti nos vai dar vou fazer outro edifício próximo ao dele..." Concentrou o pensamento nas possibilidades imobiliárias que o terreno ainda oferecia, nas combinações possíveis...

As mãos de Cerveteri se moviam suspensas sobre a toalha repleta de migalhas, miolo de pão, cinza de cigarro e guimbas esmagadas nos pratos e no cinzeiro, cascas de laranja torturadas pelas unhas de Bensi em pequenos cortes em forma de meia-lua, fósforos Minerva despedaçados, divididos em finos filamentos pelos dedos de Cerveteri, palitos contorcidos em zigue-zague ou à grega pelas mãos e os dentes de Quinto.

"Preciso ficar sócio de Caisotti, fazer um negócio com ele."

8

Quinto tinha um plano. Havia pensado na "faixa dos miosótis", isto é, no pedaço de jardim imediatamente acima do terreno à venda, assim chamado porque tinha no centro um canteiro de não-te-esqueças-de-mim. Era uma faixa quase plana, com uma superfície mais ou menos igual à do "terreno dos vasilhames": também ali seria perfeitamente possível construir um pequeno edifício de três ou quatro apartamentos. No entanto — lhe ocorreu —, uma vez construído o prédio de Caisotti, a "faixa dos miosótis" perderia seu valor de área edificável: a lei vetava a construção de prédios muito próximos. "É claro que, se vendermos qualquer lote do terreno, vamos desvalorizar o lote contíguo. Para não sairmos perdendo, só há uma opção: construir em parceria com Caisotti... Ceder a ele toda a área 'dos vasilhames' e 'dos miosótis' para construir um único edifício maior... e pedir em pagamento um determinado número de apartamentos, que ficarão em nossa propriedade. É preciso falar logo com Ampelio."

Quinto e o irmão moravam em cidades diferentes. Encontravam-se raramente, na casa materna de ***. Agora haviam marcado um encontro ali, para acertar a venda do terreno.

— Tenho um plano — disse Quinto ao irmão. Ampelio acabara de chegar. No caminho da estação para a casa, tinha passado no mercado de peixe e comprado duzentos gramas de lapa. Em casa, abraçara a mãe rapidamente e dissera que tinha comprado as lapas. Fazia seis meses que estava longe de casa, era professor assistente de química na universidade, ganhava pouquíssimo, mas quase nunca vinha visitar a mãe, nem nas temporadas de férias. Antigamente Ampelio era muito mais ligado a *** do que Quinto; agora não dava mais as caras ali, parecia ter perdido todo o interesse pelos velhos lugares, pela vida de antes, e não se sabia de nada que lhe agradasse agora, salvo por mínimas manifestações imprevistas como essa das lapas, e sabe-se lá se eram de todo sinceras.

Quinto começou a informá-lo sobre as tratativas com Caisotti. Ampelio foi para a cozinha e Quinto seguiu atrás dele, sempre falando. Ampelio desfez o embrulho das lapas, pegou um limão e uma faca, abrindo portas e gavetas do aparador com gestos seguros, de quem deixou cada coisa em seu lugar no dia anterior. Cortou o limão, o espremeu sobre as lapas sem as retirar do papel da peixaria e fez um sinal a Quinto, perguntando se ele queria. Quinto recusou vivamente — não gostava de frutos do mar — e continuou falando.

Ampelio não dizia nada nem dava o mínimo sinal de concordância ou desaprovação. De vez em quando Quinto interrompia a fala, achando que o outro não o estivesse escutando. — E aí? — dizia o irmão, e Quinto prosseguia como se nada fosse, porque o jeito de Ampelio sempre foi assim, desde que eram meninos. Só que naqueles tempos Quinto se irritava, porque era o irmão mais velho; depois acabou se habituando. Ampelio sentou-se à mesa encerada da cozinha sem tirar o casaco e a echarpe que vestia, apesar da primavera avançada. Tinha uma barbicha preta, óculos de lentes grossas que não deixavam ver os olhos e uma calvície precoce. Quinto o observava cavar os moluscos com a ponta da faca, erguer com a outra mão as cascas barbudas de algas até a boca, e o corpo mole da lapa sumir entre seus lábios emoldurados pela barbicha preta, com um chiado que não se entendia se era de aspiração ou expiração; depois pousava as cascas vazias umas sobre as outras, numa pilha.

Quinto havia desenrolado um mapa. Ampelio deu uma

olhada de esguelha, enquanto mastigava. Para Quinto, a boca do irmão, com aquele pelo da barba, parecia um ouriço-do-mar invertido, movendo-se entre o negror dos espinhos. Tinha relatado as coisas até o ponto em que estavam: as tratativas, as informações sobre o empresário. Depois disse, indicando no mapa: — Agora ouça bem: uma construção na área a exclui qualquer possibilidade de venda ou de edificação na área b. Sendo assim, se vendermos a Caisotti a área a por seu valor de terreno edificável x, privaremos o terreno b de seu valor de área edificável y. Portanto, pelo preço x nos alienamos do valor $x + y$. Ou seja, agora possuímos $a + b$; uma vez vendido a, poderemos dispor apenas de $b - y$.

Essa exposição algébrica vinha sendo ruminada por Quinto fazia dias, justamente para exibi-la ao irmão, que era cientista.

Ampelio se levantou, foi até a pia, bebeu água da torneira, enxaguou a boca, cuspiu e disse logo em seguida: — É claro que devemos usar o terreno dos vasilhames como um capital a ser investido numa construção nossa no terreno dos miosótis. Porém, como não é permitido erguer dois edifícios tão próximos, é preciso projetar um único edifício maior, a ser feito sobre os dois lotes, o dos vasilhames e o dos miosótis, que Caisotti construirá metade para si e metade para nós.

Era justamente em torno desse plano que Quinto se enrolava como num emaranhado denso, e agora, ao ouvi-lo exposto por Ampelio de um só fôlego, como se fosse a consequência mais natural, já não sabia o que dizer. Ampelio começou a encher de cálculos as margens do mapa. De vez em quando perguntava alguns dados a Quinto, que nunca sabia dar respostas precisas. Qual era o limite de altura fixado pela prefeitura? Caisotti queria construir um prédio de quantos apartamentos? Quanto custava o cimento? Quinto sabia que o irmão devia entender de orçamentos de construção tanto quanto ele, mas Ampelio jogava cifras no papel com uma segurança que Quinto invejava muito.

— Calculemos oito apartamentos, mais duas lojas no térreo... — fez o cálculo dos aluguéis anuais, dos anos necessários para amortizar o capital...

— Mas e o dinheiro que precisamos agora, para pagar as taxas?

— Vamos fazer um empréstimo para a casa a ser construída.

— Hahaha! — prorrompeu Quinto num gritinho demencial. Ampelio, no entanto, nunca se descompunha; não ria, e nem sequer uma ruga marcava a testa cheia de entradas. Para ele, tudo era sempre possível.

A mãe se aproximava. — Fizeram as contas, meninos? Tudo certo?

— Perfeitamente, perfeitamente. Mas... mas a gente sai perdendo de qualquer jeito.

— Ah, esse Caisotti, com aquele ar de impostor...

— Coitado, ele não tem nada a ver com isso. Não é culpa dele, mas a gente sai perdendo.

— Então não é melhor deixar como está? Claro, é só dizer a ele que mudamos de ideia, que por ora não vamos vender. Quanto às taxas, pedimos de novo ao banco...

— Não, não, mamãe, olhe. A gente estava pensando que seria melhor propor a Caisotti um negócio mais complexo.

— Meu Deus do céu!

— Ah, sim, bem complexo. Mas vamos ganhar muito com isso, mais tarde.

Quinto se inclinava e falava gesticulando, nervoso e polêmico, ao mesmo tempo tentando convencer e provocar a discussão. Ampelio estava ao lado dele, alto e grave, a barbicha preta empinada para a frente, parecendo um juiz que só precisa comunicar a sentença.

— Mamãe, ali onde estão aqueles canteiros de miosótis...

9

Quinto e Ampelio saíram juntos, . Caminhavam depressa pelas velhas ruas, discutindo, como não acontecia desde muitos anos, com a impressão de sempre terem estado lá, de serem dois irmãos do local, muito ocupados, inseridos na vida econômica da cidade, com toda uma rede de interesses que pairava sobre eles, gente prática, brusca, que vai direto ao ponto. Estavam encenando e sabiam disso: ambos eram pessoas completamente diversas daquelas que pareciam ser naquele momento; antes de anoitecer, recairiam numa cética abulia e tornariam a partir, a encerrar-se um em seu laboratório, e outro, nas polêmicas dos intelectuais, como se fossem as únicas coisas no mundo que contassem. No entanto, naquele momento, parecia-lhes até possível ser assim, e isso seria muito bom, eles teriam sido dois irmãos unidos e solidários, e muitas coisas complicadas teriam sido fáceis, e teriam feito grandes coisas juntos, não sabiam bem o quê. Por exemplo, agora estavam indo encontrar Caisotti para expor o problema, sondar o terreno, testar a situação, para pedir a ele nem sabiam o quê, enfim: não era preciso tornar as coisas tão difíceis, agora ouviriam o que Caisotti tinha a dizer e depois tomariam uma decisão sobre o caso.

Caisotti não tinha telefone. Tinha um escritório, numa sobreloja, "Empresa Construtora Caisotti Pietro". Os irmãos tocaram a campainha. Uma jovem abriu, era um cômodo de teto baixo, com uma máquina de escrever e uns projetos numa mesa.

Caisotti não estava; estava sempre circulando pelos canteiros de obra; era difícil encontrá-lo no escritório.
— Quando ele volta?
— Ah!
— Onde podemos encontrá-lo?
— Tentem no café Melina, ali em frente, mas agora ainda está cedo.
— Precisamos falar urgentemente com ele.
— Ah, se quiserem deixar o recado comigo...
— Ah, ah, ah. A senhorita Ah. — A provocação foi de Ampelio, e Quinto se espantou com o tom sarcástico e íntimo, que seu irmão nunca usava em família. Passou os olhos pela garota: era bonita.

Era uma jovenzinha de uns dezesseis anos, ar camponês, sangue e leite, as bochechas de pêssego e um rosado intenso, os olhos negros de cílios longos e duas tranças macias e negras, que pendiam sobre o peito saliente. — Ah, são os Anfossi — disse. "Um tipo arisco, falsa como o diabo", pensou Quinto, "com esse nariz empinado e o ar de santinha..."

Depois da frase que poderia dar a entender uma imprevista intenção de entabular uma conversa ousada, Ampelio retomou seu habitual tom seco, como se já tivesse avançado demais. Perguntou sobre os canteiros onde poderiam encontrar Caisotti, se despediu, girou pela escada estreita, desceu e por último ainda teve um lance inesperado de frivolidade, dizendo: — *Bye bye*.

Virando-se na escadinha, Quinto viu que a garota ainda não tinha fechado a porta e olhava por entre os cílios com um estranho sorriso. Pareceu-lhe que por trás daquele rosto de interiorana, daqueles olhos que não se viam, o olhar indecifrável do empresário o alcançasse.

Tentou tocar no assunto com o irmão, já na rua: — Nada má, a menina.

— Hum — fez Ampelio, como se quisesse evitar uma conversa inconveniente.

Foram a um dos lugares que a garota havia indicado, onde a

empresa estava construindo um edifício, ou melhor, aumentando uma casa já existente de dois andares, numa rua central, e preenchendo o vazio entre dois prédios.

Entraram. Estava tudo atravancado por sacos de cimento, mas ninguém trabalhando. Escadas ainda não havia, e os irmãos subiram por tábuas oblíquas. — Ei! Tem alguém aí? Caisotti! Pietro Caisotti! *A n'u gh'è u bacàn?* O patrão não está? — entre as paredes nuas e novas o eco ricocheteava.

No segundo andar havia dois operários acocorados, martelando a talhadeira, com um ar de trabalho inútil. Os irmãos logo pararam de gritar e perguntaram quase em voz baixa: — Por acaso Caisotti está?

Os pedreiros disseram: — Não.

— *U l'è vegnüu, d'ancoeî?*

— Como é que é? — (Eram da Calábria.)

— Ele veio hoje?

— A gente não sabe.

— Há um mestre de obras aqui?

— Está em cima.

Quinto e Ampelio subiram.

No alto, as paredes já estavam prontas, mas não o teto nem o pavimento. As portas davam para o vazio. Os irmãos sentiram uma espécie de alegria. — Oooops! Oooops! — faziam, aventurando-se de braços abertos sobre os andaimes, como equilibristas.

Ouviu-se um raspar de solas. Para atravessar um cômodo, havia uma tábua estreita sobre o vazio, apoiada de uma soleira a outra. E do outro lado, esquivando-se no vão da porta como se quisesse manter-se oculto, estava Caisotti, que olhava para eles.

Quinto e Ampelio se recompuseram, um tanto envergonhados. — Ah, Caisotti, bom dia, boa tarde, estávamos justamente procurando o senhor. — A grande silhueta do empresário obstruiu o retângulo da porta de onde partia a tábua fina. Estava de mãos no bolso e não fez um gesto sequer. Quinto avançou uns passos sobre a tábua, depois, sentindo-a vergar sob os pés, pareceu hesitar; esperava que Caisotti fizesse algu-

45

ma coisa, pelo menos metesse um pé do lado dele para mantê-la firme, mas em vez disso ele não fez nem falou nada. Suspenso ali no meio, só para dizer algo, Quinto emendou: — Queria apresentar meu irmão, Ampelio. — Caisotti retirou uma mão do bolso, aproximou-a da pala do boné e a abanou com a palma aberta, à americana. Quinto se virou para o irmão, lentamente, para não sacudir a tábua; e viu que o irmão estava respondendo ao gesto de Caisotti com um aceno idêntico, ambos com o rosto sério.

— Não vá por ali, senão vai cair — disse lentamente Caisotti —, desçam ao térreo, que estou indo.

Foram ao café Melina. Ocuparam uma mesinha na calçada, havia barulho. Caisotti queria convidar. — Um Punt e Mes? — Ampelio aceitou um Punt e Mes. Quinto, que estava com dor de estômago, pediu um chá de ruibarbo, mesmo convencido de que até o ruibarbo lhe faria mal. Ampelio ofereceu cigarros a Caisotti. Quinto não fumava. Tinham rapidamente adotado, Ampelio e Caisotti, um tom de perfeita familiaridade; Quinto estava meio invejoso.

Caisotti estava repetindo a Ampelio tudo o que já tinha dito à mãe e a Quinto, sempre com uns "Como eu dizia à senhora sua mãe, como eu dizia ao senhor seu irmão" e com uns "Não vou explicar ao senhor, doutor engenheiro". Ampelio era doutor em química, mas não fez nenhuma objeção. Limitou-se a ouvir, impassível, com o cigarro pendendo da barbicha preta e os olhos semicerrados atrás das grossas lentes; de vez em quando fazia uma pergunta, mas com leveza, como entre pessoas que entendem do assunto, e não — ao que parecia — com a ânsia que Quinto tinha de se mostrar entendido e alerta.

Aliás, a uma objeção de Quinto, Caisotti, assumindo logo seu ar lamentoso, dirigiu-se a Ampelio quase pedindo socorro: — O senhor compreende que isto que o senhor seu irmão está dizendo...

— Não, não, Caisotti — disse logo Quinto, para defender-se. Ampelio fez apenas um gesto horizontal, à flor do tampo da mesa, como para livrar o campo de qualquer controvérsia secundária e reconduzir a discussão ao essencial.

Caisotti queria continuar bancando a vítima, mas tinha perdido a convicção. Disse ainda, sempre a Ampelio: — O senhor, que é o irmão mais velho...

— Não, veja bem, o mais velho sou eu — disse Quinto, envergonhando-se um pouco. Mas Caisotti não mudou sua atitude mais deferente em relação a Ampelio.

— ... E se o senhor me diz que é necessário deixar um vão livre do seu lado, eu faço um belo vão livre.

Ampelio disse: — O vão livre interessa ao senhor, para evitar umidade no piso térreo.

— Interessa a mim, interessa a mim, mas o senhor sabe que eu posso vender o térreo mesmo sem o vão livre; já para os senhores — vamos supor —, se amanhã quiserem construir ali perto, o vão livre seria conveniente.

Quinto olhou para Ampelio. Estava soprando a fumaça. Esperou que a nuvem se dissipasse no ar e disse: — ... E se construíssemos juntos?

Os dedos de Caisotti fizeram um curto movimento no toco do cigarro para derrubar a cinza, e seus olhos se tornaram aquosos, como os de quem mira ao longe para afastar um sentimento de remota comoção, mas ao mesmo tempo com uma ponta aguda, um arrepanhar de rugas nos cantos das pálpebras. — Eu digo que podemos chegar a um acordo que deixaria todos satisfeitos — disse.

10

A opinião de Ampelio era que não se deveria dar muito peso às informações negativas sobre Caisotti. "Você sabe como são em ***. Só circulam maledicências, não importa sobre quem for. Alguém que vem de fora e se estabelece aqui e faz dinheiro e segue o próprio caminho, todos querem lhe arrancar o couro."

A confirmação disso veio com Canal: — Fazer sociedade com Caisotti? Vocês? Sua mãe? Com aquele tosco, picareta, imoral... Que anda com aquela secretária...

— Ah, a tal garota... Nós a encontramos — disse Quinto, logo distraído por uma curiosidade fácil. — Por quê? Qual o problema? Parece uma moça da roça... — e olhou para o irmão como quem pede apoio; Ampelio o olhou de lado, quase dizendo: "Não lhe disse como eles são...?".

— E é — respondeu Canal. — Trouxe a menina do interior. E deixou lá a mulher com os filhos...

— E você está dizendo que...

— Não digo nada. Não sei nada das coisas deles, nem quero saber. Mas ali há um ar que não me cheira nada bem.

Quinto manifestou a impressão que teve pouco antes: que uma semelhança, não física, não exterior, mas justo por isso mais inquietante, ligava aquelas duas pessoas tão diferentes — a garota de tranças e Caisotti.

— Bem, talvez você não esteja numa pista falsa...

— Como?... Porque, sabe, pensar que ele... com uma meni-

na que terá se tanto uns dezesseis anos, alguém que poderia ser pai dela...
— Eh! Pai certamente ele é de muita gente. Escapou do vilarejo porque encheu todo o vale de filhos naturais.
— Você acha que ela pode ser filha natural dele? — disse Quinto, mas sentiu que era o momento de reagir àquela curiosidade fofoqueira e de mostrar-se o homem viajado que era, alheio a preconceitos provincianos: — E se for, qual é o mal? Perfeitamente, ele tem uma filha natural, e em vez de abandoná-la lhe dá um trabalho, a mantém sob seus cuidados. Por que crucificá-lo por isso?
— Ah, eu não sei de nada.
— E se, em vez de filha, fosse amante dele, o que haveria de mal? Ele gosta de mocinhas, elas topam... Vocês ainda dão tanta importância a essas ninharias?
— Eu? Não me importo nem um pouco... Se é filha, assunto dele... Se é seu cacho, dá no mesmo. Se são as duas coisas juntas...
— Vamos voltar ao contrato? — pediu Ampelio.
Era uma bela tarde com sol e brisa, e dava vontade de fazer grandes coisas. Assim que deixaram Caisotti, os irmãos foram falar com o advogado. Tiveram que esperar, porque Canal estava em pleno horário de atendimento; mas a espera não diminuíra a excitação dos dois, que, sentados na antessala, continuaram aperfeiçoando seus projetos num diálogo de frases entrecortadas, para não deixar que os outros clientes entendessem a conversa. Do escritório vinham os gritos de um litígio em dialeto: Canal herdara uma antiga clientela camponesa, pequenos proprietários metidos em intermináveis e mesquinhas pendengas de testamentos e demarcação de terra. Pela primeira vez Quinto se sentiu não mais estranho e culpado em relação a esse mundo ancestral, mas parte de um outro, do qual podia observar aquele com superioridade e ironia: o mundo da gente nova, desabrida, habituada a manejar dinheiro.
No entanto, mal terminou de ouvir o projeto, Canal pulou

da poltrona. — Mas vocês estão malucos? Com Caisotti? Ele vai metê-los no espeto que nem galetos!
Quinto sorriu. — Calma, vamos ver quem vai ser o galeto... O negócio é todo favorável a nós...
— Claro! E ele está nessa! Imaginem!
Quinto continuava sorrindo. — Está. Já falamos com ele.
— Mas vocês são doidos! Uma sociedade com Caisotti. Vocês! Sua mãe! — et cetera.

— Ouça bem — dizia Quinto, que, ao explicar-se a Canal, quase adotava um ar de paciência indulgente, como um pai que ainda pensa que somos crianças quando já somos homens-feitos; tom que, obviamente, serve apenas para mascarar uma ponta de raiva por não nos levarem suficientemente a sério.

Quinto explicou que Caisotti estava disposto a pagar os dois terrenos contíguos parte em dinheiro (assim podiam quitar as taxas) e parte em apartamentos (assim um bem improdutivo se transformava em lucrativa fonte de renda, sem nenhuma despesa). A cada objeção de Canal, Quinto se mostrava sempre mais espirituoso, aliás, tentava provocar o advogado: qualquer aspecto novo que surgia tornava o jogo mais difícil e apaixonante, pondo à prova a perícia de todos eles. Quinto tinha por Canal muita estima e confiança, por isso mesmo gostava de deixar sob sua tutela uma questão complicada como essa, para ver se ele se saía bem. Já Ampelio se irritava com as perplexidades do advogado, as quais lhe pareciam atos de sabotagem, e o interpelava bruscamente, quase com raiva, não porque confiasse em Caisotti ou achasse seu plano perfeito, mas porque os escrúpulos do advogado mandavam pelos ares o ritmo despachado e quase agressivo com que se lançara no negócio, e ele estava convencido de que aquilo era algo a ser feito assim, com decisão, como gente que fecha dez desses negócios por dia e depois os deixa seguir seu curso por conta própria, ou então era um enredar-se em meio aos "se" e aos "mas", e aí era um aborrecimento que não tinha fim, e aí tanto fazia, quase, quase, ah, sim, aí era melhor não fazer nada.

Tinha se levantado, fumava, e agora, com suas respostas secas, parecia ainda mais pessimista que Canal, passando a palavra a Quinto. Sentindo faltar o apoio do irmão, Quinto por sua vez começou a hesitar: certo, se as possibilidades adversas eram tantas, talvez fosse o caso de recuar, de voltar à simples venda do terreno dos vasilhames, e assunto encerrado.

Mas não: estudando as cláusulas de um contrato adequado ao caso, agora Canal estava tomando gosto em prever todos os possíveis descumprimentos do empresário e precaver-se com cláusulas ainda mais complicadas, cauções, embargos, garantias de todo tipo. Alongava e torcia o rosto em caretas e revirar de olhos, coçava os cabelos despenteados, constelava de apontamentos os papéis à sua frente. — Vou lhes fazer um contrato perfeito para Caisotti, um contrato a ser seguido à risca... um contrato sem brecha nenhuma... — e ria, embolando-se na poltrona, com a ideia de um contrato espinhoso feito um ouriço.

E depois, com um cético dar de ombros: — Na medida em que servem os contratos, claro.

11

Começou a fase dos desenhos, das transparências, dos orçamentos. O homem indispensável agora era o engenheiro Travaglia.

Travaglia era um dos engenheiros mais ocupados de *** e só podia conceder a Quinto e a Ampelio consultas rápidas e apressadas, em meio a um incessante desenrolar de plantas pelo chão, respostas ao telefone e gritos aos técnicos em edificação.

Travaglia sempre trabalhava aos sobressaltos, lançando-se ora a dar ordens, ora a traçar linhas com o esquadro, ora a mudar tudo, e de vez em quando erguia os olhos claros, sorria, arriava os braços ao longo do corpo maciço e era tomado por um perfeito sentimento de calma, como quem tem diante de si um tempo infinito de ócio. Empoleirava-se gordo como era no alto banco giratório da mesa de desenho e ria com o olhar distante.

— Meus caros irmãos Anfossi: mas vocês sabem o que significa uma cláusula de contrato edilício?

Era protetor, derrisório, dissimulado e, ao mesmo tempo, estava meio desconfortável diante dos dois amigos. Tinha sido colega de escola de Ampelio, mas era mais ligado a Quinto. (No fundo, Ampelio não sabia ser amigo de ninguém.) De família modesta, órfão, autodidata, se juntara aos contemporâneos de colegial depois de ter estudado por conta própria. Agora estava no topo, entre as pessoas mais influentes de ***. A corpulência e a calvície precoce o faziam parecer um homem maduro: uma autoridade de cujo aspecto ele certamente se aproveitava. Os irmãos Anfossi, que viviam longe e mal chegavam ao fim do mês, obstinados em confusas ambições para além de seu raio de ação, representavam para Travaglia o modo de entender a vida que ele descartara de saída: a arte, a ciência, quem sabe os ideais políticos. E que fizera bem em descartar!, repetia para si, vendo os Anfossi sempre no mesmo ponto, sem uma posição, Quinto ainda sem arte nem parte, Ampelio um assistente em laboratórios universitários que chegaria a catedrático aos sessenta anos; enfim, agora não havia mais dúvida, dois fracassados; e, ao vê-los, sentia-se ainda mais satisfeito de si, ostentando diante deles sua moral de homem que só se importa com coisas sólidas e práticas. Mas a isso adicionava um acréscimo de paixão: a presença dos Anfossi sempre lhe causava certa irritação polêmica, "porque no fundo, coitados, tenho estima por eles", se dizia, "no fundo, sou o único que sabe entendê-los". Afiliara-se recentemente ao partido da maioria e logo ocupou um posto local importante. Quinto, que conhecera Travaglia quando jovem descrente e duvidava que pudesse ter achado tempo e ocasião para uma crise religiosa, mesmo assim considerava a inscrição no partido democrata cristão coerente com os costumes que o engenheiro se impusera como necessários, e também com seu desejo de trabalhar cada vez mais, de fazer valer sua competência, de assumir responsabilidades — paixões, pois, admiráveis; e, em desacordo com o irmão, entoava grandes loas a Travaglia.

Agora estavam conferindo certas cifras. O engenheiro ergueu a cabeça, contemplou os dois e estourou numa de suas risadas exaustas e silenciosas. — Irmãos Anfossi, quem os obriga a fazer isso?

— Chega, já entendemos, Enrico. Por hoje basta. A gente volta amanhã. Quer dizer que resolveremos esse problema sozinhos — e já se dirigiam para a porta.

— Nããão! — o engenheiro correu atrás deles. — Imaginem se vou deixá-los fazer algo sozinhos! Caisotti os engole numa bocada, coitados. Fiquem aqui, vamos retomar...

Foi preciso mandar o técnico em construções até Caisotti para pedir esclarecimentos sobre uma coisa assinalada na planta. O escritório de Caisotti estava a pouca distância do estúdio do engenheiro. O técnico voltou dizendo: — Caisotti não está no escritório. Pedi a planta à senhorita...

— A senhorita... — Travaglia começou a zombar.

— A senhorita disse que não sabe.

— Aquela lá não sabe nem onde põe... Mas ela estava lá quando vimos o projeto! Vá, volte para lá e diga a ela que a planta está na mesa, que estava hoje de manhã e ainda deve estar.

Ampelio, sentado como estava, silencioso, metido no impermeável, com o queixo abaixado e a barba sobre o peito, se levantou e disse: — Eu mesmo vou — abriu a porta e sumiu.

Travaglia se saiu com sua risada muda, olhar no vazio, como sugerindo algo que não se pode expressar com palavras.

Quinto não tinha entendido bem. Depois de um tempo, disse: — Mas por quê? Você acha que Ampelio foi lá para...

— Como? — disse o engenheiro, já com o pensamento em outra coisa. E recomeçaram a checar os cálculos.

Depois de uns vinte minutos Ampelio voltou. Ficou ali parado feito um poste, sem dizer nada. — E então?

— É preciso ir conferir no terreno. No papel está errado.

Acabaram indo os três. O terreno dos vasilhames e o dos miosótis estavam meio de pernas para o ar; a mãe tinha começado a retirar as plantas. Era um dia bonito, flores e folhas sob o sol assumiam um aspecto de viçosa alegria, tanto as árvores quanto o mato; Quinto tinha a impressão de nunca ter notado que uma vida tão densa e variada pululasse naqueles quatro palmos de terra, e agora, ao pensar que ali tudo devia morrer para ver surgir um castelo de pilastras e tijolos, sentiu uma tristeza, um amor tão forte até pelas borragens e urtigas, que era quase um arrependimento. Os outros dois, no entanto, pareciam simplesmente gozar daquela hora; o engenheiro estava de chapéu, mas ali sentiu calor e o pôs nas mãos; em sua testa ficara impressa uma linha vermelha e suada; entretanto o sol sobre a cabeça calva logo o incomodou, e ele repôs o chapéu, mas apenas apoiado no cocuruto, o que lhe dava um ar dominical, folgazão. O irmão finalmente tirara aquele impermeável fora de estação; e o trazia, bem dobrado, sobre um ombro. Circulavam medindo uma determinada reentrância do terreno. Quinto deixava por conta deles. O engenheiro, mesmo trabalhando, estava num daqueles momentos de calma contemplativa que o absorviam. Afastava as plantas com dois dedos, observando-as. — Esta aqui, o que é? — perguntou a Ampelio. Ampelio respondeu com o ar de quem entende do assunto, quase com brio. Quinto ficou abismado, pois nunca percebera que o irmão se interessasse pelas plantas.

De uma fila de vasos, as dálias se moveram, e quem apareceu entre elas? A jovem secretária de Caisotti, com as tranças negras. Inclinou-se com aqueles olhos só cílios; vestia um pequeno tailleur de tecido cinza. — Oh, o senhores estão aqui? Eu estava procurando o senhor Caisotti, que também deveria vir...

— Claro que estamos — disse Quinto —, este lugar ainda é nosso, até prova em contrário, o contrato ainda não foi firmado! — Sabe-se lá por quê, tomou-se de grande raiva.

— Isso eu não sei... ele disse que viria aqui com um senhor... — interrompeu-se, levou à boca um envelope que trazia na mão, fazia-se de confusa, como se tivesse falado demais, mas estava ali, toda empertigada no tailleur.

— Diga, ele ainda nem comprou o terreno e já quer vender as unidades que vão ser construídas... — disse Quinto, virando-se para os outros dois com ar de denúncia, mas também de admiração.

Travaglia e Ampelio pareciam não acompanhar a discussão. Estavam virados para a garota. O engenheiro, com os olhos semicerrados e a boca aberta, num daqueles risos cansados. Ampelio, com um dedo enfiado no bolsinho do paletó, o impermeável drapejado de través sobre um ombro, as lentes que não deixavam ver o olhar, parecia um tipo do século XIX. Alongou a mão para o envelope que a garota segurava e disse: — Tem correspondência?

A jovem escondeu o envelope atrás das costas, rápida,

como se estivessem jogando: — Não é para o senhor, é para o senhor Caisotti.
— O que há de tão urgente?
— Ah... não sei.
E o engenheiro: — E que seu chefe faz medições aqui em benefício próprio, você sabe ou não sabe?
— Eu não... De resto, onde há um declive, a medida se reduz.
— Ah, isso a senhorita sabe?
E o engenheiro acrescentou, sarcástico: — Mas Caisotti lhe dá todas as manhãs instruções sobre tudo o que deve dizer ou só sobre o que não deve dizer?
Ela piscou os olhos e passou as tranças para trás dos ombros. — Como? Caisotti não me diz nada...
— Mas que secretária é essa, então?
A conversa tinha tomado uma cadência de passatempo. Circulavam pelo terreno, entre eles aquela garota, que arrancara uma folha e a apertava entre os lábios. Ampelio ofereceu cigarros a todos, mas primeiro à garota. — Obrigada. Não fumo — balbuciou com a folha entre os dentes.
— Uma jovem ilibada... — alfinetou o engenheiro.
— E daí? — ela disse.
Ouviu-se um farfalhar no terraço de cima, e a mãe despontou da cerca viva com um grande chapéu de palha, luvas de jardinagem e uma grande tesoura, cortando caules de rosas. O engenheiro foi o primeiro a vê-la e a cumprimentou, tirando o chapéu.
— Rapazes, são vocês, o que estão fazendo? Oh, Travaglia, que bom revê-lo! Veio estudar o local? Ponha o chapéu, ponha o chapéu. Mas o que me diz desse bendito projeto?
O engenheiro repôs o chapéu, dessa vez bem firme.
— Vamos tentar fazer uma coisa bem-feita, senhora, não duvide...
— E quem é essa bela mocinha? Esperem, eu a conheço — disse a mãe, baixando os óculos de sol sobre o nariz. — Ah, é a senhorita Lina.

Sabe-se lá por quê, Quinto disse secamente: — Não, você está enganada...

— Sim, sim — insistiu a mãe —, ela veio outro dia pegar o esboço do contrato, é Lina, a secretária do nosso empresário, ou melhor: do nosso consócio...

A garota, que ao ver a mãe recuara um pouco, olhando para o outro lado, aproximou-se da cerca viva e a cumprimentou com seu dialeto em falsete: — Sim, senhora, bom dia, sou eu, Lina, como vai?

Os dois irmãos estavam aborrecidos, queriam abreviar a coisa, e foi Ampelio que disse ao engenheiro: — Mas o declive, o declive, há um modo de calculá-lo, não é?

Entretanto Travaglia continuava dirigindo-se à mãe: — A senhora está cuidando um pouco das plantas?

— Tento salvar o salvável, Travaglia...

Cada um seguiu por conta própria, a mãe, atrás de suas rosas, o engenheiro e os irmãos, medindo um canto de terra, a jovem — Lina —, lá, apartada. Mas o engenheiro não cuidava das coisas de trabalho, aferventava sua risada, e soprou, devagar: — Que desgraça, irmãos Anfossi, que desgraça...

— O quê?

— Vejam só em que vocês estão metendo sua mãe... Agora ela chama Caisotti de consócio... Consócio de sua mãe, que desgraça...

— Enrico, ficou doido? Nunca o chamamos nem pedimos que ela o chamasse de consócio! Foi ela quem veio agora com essa história de "consócio", sabe-se lá de onde, assim de repente. Consócio: essa é boa! Mas e daí? Além disso, esse é um negócio entre nós dois, uma iniciativa nossa, e nos viraremos sozinhos...

— Dois infelizes...

Estavam ali, alternando com raiva, sarcasmos e mensurações, até que ouviram umas vozes e se viraram: perto de Lina aparecera Caisotti. Dizia-lhe algo em surdina, com a aguda cadência da montanha, o rosto irado, os flácidos lineamentos retesados, e ela, com a mesma cadência, respondia sem baixar a cabeça. Ele tinha rasgado o envelope e parecia furioso com a carta, que leu bem umas três vezes, silabando de boca aberta, e depois meteu a carta e as mãos nos bolsos da calça e começou a andar para a frente, sem cumprimentar ninguém. Quinto ainda notou, para além da impressão de brutalidade e obstinação que Caisotti lhe inspirara naquele instante, uma boa dose de desamparo e de fraqueza que aquele homem só e ignorante, inimigo de todos, arrastava atrás de si. Caminhava de punhos cerrados nos bolsos, a cara contraída, toda enrugada nos olhos, mais malvestido que nunca, com um paletó miserável abotoado sobre a camisa de lã xadrez, uma calça informe de pano amarelo, sapatos velhos salpicados de cal: agora parecia mesmo um pedreiro, só lhe faltava o chapéu de jornal.

A jovem Lina, que com ele não tinha o mesmo ar reservado — notou Quinto —, mas uma atitude quase agressiva, polêmica, agora o seguia a alguns passos de distância, com a expressão um tanto alarmada, mas sempre polêmica, como se trouxesse no corpo uma raiva contra ele que ainda não conseguira desafogar.

No entanto, depois desse passear nervoso e intratável, Caisotti se virou para os irmãos e os cumprimentou com um aceno de cabeça, como se tivessem cruzado pela rua. — Era para medir de novo essa reentrância, Caisotti... — disse Quinto, arrependendo-se em seguida, porque ouvira na própria voz como se estivesse justificando sua presença ali, naquele terreno que ainda era seu; e então, para corrigir o tom, se tornou agressivo: — Porque, veja bem, as medidas que o senhor tirou estão todas erradas, sabia?

Caisotti aproximou-se com as pálpebras como se avistasse Quinto no horizonte; as pálpebras estavam avermelhadas, o olho líquido, os lábios úmidos, como alguém que traz por dentro um enorme ódio, ou como um menino que pode desandar a chorar a qualquer momento. — E o que é isso que estão aprontando agora? — Era claro que não via a hora de desafogar sua ira; e gritou: — Façam seu trabalho, que eu faço o meu!

— Um momento, Caisotti, me desculpe — interveio Travaglia, dando um passo à frente com um ar de quem acabou de chegar —, o senhor é o empresário e trabalha como empresário, eu sou o engenheiro e trabalho como engenheiro. Entendidos? Então, escute... — e começou a explicar ponto por ponto.

Caisotti parou para ouvir, mas balançava a cabeça e olhava o chão, como dizendo que sim, todas as coisas que o engenheiro dizia podiam ser corretas, com o engenheiro ele podia se entender, mas com os irmãos, não se sabia o que eles tinham na cabeça, era óbvio que os irmãos implicavam com ele.

— Nada disso, Caisotti, ouça... — dizia o engenheiro com seu sorriso brando, meio adormecido, de quem já viu muitas e sabe que o melhor é deixar correr.

— E eu, faço o quê, me diga o senhor o que é que eu faço... — falava Caisotti de braços abertos, e sua cadência se tornava cada vez mais lamentosa, uma ladainha que não acabava mais, e na boca do engenheiro as vogais também se alongavam, se alongavam, exprimindo indulgência e possibilidade de acordo, e assim parecia que ambos estivessem tentando pôr um ao outro para dormir.

Desse jogo de afagos vocais Quinto se sentiu excluído, ou melhor, explicitamente alijado, como alguém que não conta nada, e não só ele, mas toda a sua família, como se não contasse nada o fato de serem proprietários e de terem ditado as condições do contrato, como Quinto estava convencido de ter feito. E não sabia se estava mais incomodado com Caisotti ou com o engenheiro pelo tom que dispensavam a ele. Sim, tratava-se de um daqueles casos em que Ampelio é quem deveria intervir, com aquele seu jeito brusco; Quinto se virou para ele e não o encontrou. Estava mais para lá, no terreno, em um ponto cheio de verde, e dava para vê-lo de costas, uma sombra negra contra o sol, e diante dele estava Lina com aquele arzinho, enrolando uma trança num dedo, e falavam baixo, e ele de vez em quando dava um passo à frente, e ela recuava. A certa altura, sempre de costas, sem se virar, como se tivesse acompanhado até ali a fala do empresário, Ampelio disse alto: — Então, Caisotti, como quiser: estamos sempre prontos a desistir de tudo. O que foi acordado pode ser desfeito, e o contrato ainda não foi assinado.

— Como? Desistir de tudo? — disse Caisotti pulando, com a mesma voz irada e acrimoniosa de antes, mas bem no meio do rompante ele mudou de ideia e engatou uma risada. Uma risada do jeito dele, feia: a boca semiaberta, de dentes ruins, buscando o olhar dos outros como pedindo a confirmação de que Ampelio dissera uma coisa ridícula. — Como assim, desistir? Mas então o que estamos fazendo aqui? — e ria. — Estamos aqui para chegar a um acordo, não é? Estamos aqui para ser amigos e nos tratar como amigos...

Nesse instante, a mãe tornou a despontar da cerca viva. — Vocês falam de desistir de tudo, ai, ai, ai... Minhas pobres plantas, tira e põe, tira e põe...

Caisotti agora agitava os braços, ria, bancava o expansivo: — Não, nada disso, senhora! Somos amigos, cuidamos de tudo como amigos! Fique tranquila, senhora, faremos um belo trabalho, bem a seu gosto... Aliás, se quiser que eu faça alguma melhora em seu jardim, enquanto os pedreiros estiverem...

— Não, não, pedreiros no jardim eu não quero de jeito nenhum.

— E nós não os deixaremos entrar! Abriremos uma passagem aqui em frente.

— Aliás, o muro que vai dar para o nosso lado, se fosse possível pôr umas trepadeiras nele...

— Como? Ah, sim, vamos pôr nele umas belas plantas, estou disposto a fazer tudo como a senhora quer, pode estar certa de que nos entenderemos bem...

Com seus movimentos desajeitados, Caisotti havia derrubado uma dália. "Nem pediu desculpas", comentou depois a mãe.

12

O curioso foi que, no momento de assinar o contrato, Caisotti não criou caso com os tais pontos espinhosos, mas implicou com outros, de pouca monta, dos quais foi fácil retirar os obstáculos. Quinto estava até um pouco decepcionado. Era um contrato terrível, Canal e o tabelião tinham posto toda a sua ciência nele, um contrato intrincado feito um arbusto: dentro dele havia todas as cláusulas do contrato de empreitada, os prazos para pagamento da soma em dinheiro líquido garantido por uma série de promissórias, os prazos para entrega dos apartamentos finalizados, tudo vinculado a uma cláusula de "reserva de domínio", isto é, se o empresário não cumprisse qualquer uma das partes do contrato, o terreno retornaria aos proprietários com tudo o que já tivesse sido construído naquele período, no estado em que estivesse. "Se ele aceitar isto, você vai estar blindado", dissera Canal a Quinto. Caisotti tinha aceitado, deixou que eles fizessem tudo, quase não abriu a boca, como se a história do contrato fosse mera formalidade. Tinha ido ao tabelião sozinho, sem um advogado, sem ninguém, "para poupar" — comentaram — ou também "porque todas as vezes que contratou um advogado, acabou brigando com ele". Ali estavam os três Anfossi, mãe e filhos, além do advogado e também do tabelião deles, e somente quando Caisotti entrou no escritório (que só pelo aspecto já devia intimidá-lo um pouco), com toda aquela gente instruída pondo o preto no branco, ele lançou um olhar como de fera que se vê na jaula e faz que vai recuar, mas sabe que já não pode. Sempre pronto a imaginá-lo de um ângulo favorável, Quinto já se dizia: "Parece Daniel na cova dos leões", mas esse modo de pensá-lo no papel da vítima não lhe dava nenhum contentamento; precisava vê-lo como um leão, indomável e selvagem, e todos eles uma cova de Daniéis em torno do outro, muitos Daniéis virtuosos e tenazes que nem carrascos, a lancetá-lo com agudas cláusulas contratuais.

Sentou-se numa cadeira próxima à escrivaninha do tabelião, com todos os outros em pé ou sentados ao redor, e escutou atento, concentrado, a leitura do documento pelos lábios do tabelião. Caisotti estava de boca semiaberta, às vezes repetindo para si com um mudo mover de lábios uma frase da escritura, e Quinto se perguntou se ele não era realmente tonto. No entanto estava alerta para não deixar escapar nada, e de quando em quando erguia uma de suas mãos pesadas — Ah... Um momento... —, e o tabelião repetia escandindo as palavras. Às vezes parecia que ele não concordava com nada, que estava convencido de que tudo não passava de uma armadilha contra ele, que quase já não estava ouvindo e a qualquer momento podia levantar-se e dizer: "Estão loucos!" — e sairia batendo a porta; mas não, ele esperava que o tabelião fosse até o final e fazia com o queixo um aceno de aprovação, de consenso. No entanto, às vezes fazia objeções a detalhes que ninguém imaginaria, especialmente em minúcias técnicas, como certa história de saibro, que rendeu mais de meia hora de debate, até porque Ampelio, não se sabe por qual questão de princípio, resolveu implicar, embora o advogado lhe dissesse que deixasse para lá.

Quinto se entediara e, visto que todos ali estavam atentos, foi olhar da janela a rua ao sol de primavera, tentando tomar gosto pela cidade, pelo negócio que ia a bom termo, mas lhe parecia que tudo já estava acabado e essa aventura do empreendedor da construção não passava de algo burocrático e cheio de discussões tediosas, já não sentia nem curiosidade nem paixão por aquilo e esperava apenas que, de agora em diante, o irmão ficasse à frente do caso. As coisas caminhavam por uma via fácil, pareciam deslizar sem problemas, e nesse ritmo Caisotti conseguiu prorrogar o prazo de uma promissória, aliás, de duas das três promissórias em que foi rateado seu saldo, e além disso ainda conseguiu baixar o preço em duzentas mil liras. No entanto, naquelas tratativas ali, o advogado tendia a não entrar em confronto, porque estava pisando em ovos: tinha medo de que Caisotti estivesse amaciando no contrato para depois começar a plantar minas na "escritura privada". Isso porque, além do contrato (todo com cifras falsas, como de praxe, para driblar o fisco), era preciso firmar uma "escritura particular" na qual figuravam as cifras verdadeiras e se especificava o caráter da sociedade com Caisotti para a construção do edifício, que no contrato cabia inteiramente a ele. Porém, quando se passou à "escritura particular", Caisotti mostrou-se pronto a favorecer os Anfossi em tudo: até propôs, de iniciativa própria, umas emendas para que os fiscais não pudessem achar nada de irregular. E fazia tudo isso com risadinhas espertas e piscar de olhos, erguendo ao redor de si um pântano de cumplicidades, tanto que a mãe, que não se sentia à vontade com essas coisas, arriscou dizer: — Mas não seria melhor declarar as coisas como são, sem recorrer a tantos truques, mesmo que se pague um imposto maior? — Todos a contestaram, o advogado e o tabelião com gentileza, Caisotti e os filhos com rispidez, mas Quinto já previa que, para complicar aquela história da "escritura particular", Caisotti já tivesse seu trunfo: talvez pensasse que depois teria todos eles na mão, vinculados a seu pacto de *omertà*.

Ainda não se tinha chegado ao momento das assinaturas quando Ampelio olhou o relógio de pulso e disse: — Preciso ir, meu trem já está partindo.

Quinto não sabia que ele já ia viajar. — Mas como? Ainda nem assinamos... — e foi tomado de uma raiva furiosa contra o irmão. — Por que você está indo justo agora?

— Porque sim. Quem é que vai ao laboratório amanhã? Você? — Ampelio logo assumia um tom insolente.

Quinto agora estava muito irritado por ter que cuidar de tudo sozinho, já estava habituado à ideia de que o irmão ficaria à frente do caso, e que ele poderia observar tudo a certa distância: planejara que as coisas prosseguiriam assim. Começaram a discutir duramente entre si, com rápidas frases a meia-voz, diante do tabelião e de Caisotti. — Você não avisou que ia viajar... Agora me deixa aqui...

— Claro, a maior parte já foi feita. Mamãe tem a procuração, ela assina, está tudo certo...

— Claro que não, ainda há muitas coisas... Não fechamos nada, pelo amor de Deus...

A mãe interveio: — Mas, Quinto, se ele tem o laboratório...

"Aqui temos bem mais a ganhar que com todos os laboratórios dele!", Quinto pensou em dizer, como se recitasse a fala de um velho negociante que não quer mandar os filhos ao colégio; mas se deteve e, em vez disso, falou: — Primeiro é preciso chegarmos a um acordo, de modo que cada um se responsabilize um tanto pelo negócio...

— Se o senhor também precisa viajar, não se preocupe — interrompeu Caisotti —, pode viajar, que eu e sua mãe chegaremos a um acordo sobre o que eventualmente ainda deva ser acertado...

Quinto se lembrou de uma frase que Canal dissera suscitando grandes protestos dos dois, e que Travaglia praticamente repetira: "Já sei como isso vai acabar, agora vocês montam todo esse acampamento, depois vão embora e adeus: quem fica com as batatas quentes na mão é sua mãe...".

— Realmente — disse o tabelião —, se um de vocês ficasse, ainda há alguns trâmites...

— Mas eu fico! Claro que fico! Era só o que faltava! — disse Quinto vivamente, e estava cheio de raiva, porque de fato queria ficar, mas também havia cogitado de ir para Milão: Bensi e Cerveteri tinham marcado uma reunião para redigir o programa da revista, e Quinto em parte não queria ir para lá, porque estava em atrito com eles, mas em parte gostaria de estar lá, chegar ali como por acaso, enfim, estava realmente furioso.

Ampelio foi embora. Todo o resto terminou depressa, as assinaturas, as promissórias, tudo. Descendo as escadas, Quinto e Caisotti discutiam amigavelmente sobre o início das obras. — E agora tudo só depende da aprovação da prefeitura — disse Caisotti —, é preciso apresentar o projeto ao departamento técnico, esperar que a comissão se reúna e, se tudo andar bem...

— Mas... quanto vai demorar? — perguntou Quinto, começando a alarmar-se. — Eu achava que já estivesse tudo certo...

Caisotti deu uma risadinha. — Imagine, imagine, com aqueles lá... É capaz de atrasarem meses... Além disso, se houver algo irregular, é problema que não acaba mais...

— Mas as obras, enquanto isso...

— Enquanto não houver uma autorização, as obras não podem começar de jeito nenhum...

Quinto parara no meio da escada. — Mas, Caisotti, não está vendo que... O senhor acabou de assinar um contrato em que se compromete a nos entregar os apartamentos prontos em 31 de dezembro!

— Devagar! — e Caisotti avançou com uma cara acesa e tenebrosa, como Quinto jamais vira, nem naquela vez em que se enfurecera sobre o terreno. — Devagar! O contrato diz: entrega em oito meses! E oito meses quer dizer oito meses depois da aprovação do projeto pela comissão!

— Mas nem em sonho, Caisotti! A data está lá. O senhor está obrigado a nos entregar as unidades em 31 de dezembro deste ano!

Não, sim, oito meses, 31 de dezembro, o acordado, o contrato, o fato é que em certo ponto estava escrito entrega em oito meses e, em outro, até 31 de dezembro. De qualquer modo, o parecer do advogado e do tabelião era que não havia motivo de alarme, porque a aprovação da prefeitura não podia demorar muito, "e de resto esse Caisotti deve ter os esquemas dele na prefeitura, sempre consegue fazer o que quer".

Quinto e Caisotti se cumprimentaram saindo pelo portão do cartório, e Quinto já suspeitava ter dado um passo em falso.

13

A autorização não foi fácil. Evidentemente Caisotti não estava nas graças da prefeitura como se dizia. Ao contrário, havia um litígio por causa de um prédio que ele construíra superando os limites de altura, coisa de fato não muito grave, dessas que aconteciam todos os dias e que eram resolvidas com o pagamento de uma multa, mas ele não pagava nem queria demolir um andar, e assim não lhe davam a nova permissão. Seria possível envolver Travaglia no caso, que para ele era uma brincadeira, mas na contenda do edifício muito alto era justamente ele o perito da prefeitura contra Caisotti, e agora não queria mostrar nenhum envolvimento com o empresário. Como, aliás, não tinha nenhum: apenas assistia os Anfossi no plano técnico, redigira as cláusulas da obra e seria o perito que avaliaria as unidades entregues, mas, quanto ao resto, tinha declarado com todas as letras que não poria as mãos naquilo. (Já Caisotti tentara atraí-lo para seu lado. "Imagine que veio me perguntar se eu poderia assinar o projeto, o cara de pau!", disse Travaglia a Quinto. "No entanto, se você ficasse por perto" — arriscou-se a dizer Quinto —, "se lhe desse algum conselho para salvar um pouco a estética..." O engenheiro pôs as mãos em seus ombros. "A estética! Mas nem falemos de estética, irmãos Anfossi, por caridade! Vocês não imaginam o que aquele sujeito vai erguer ali... Um troço que, se as coisas fossem... Chega, não me faça dizer o que não devo!" Quinto ficou meio mal.)

Agora Quinto passava um pouco de tempo ali, um pouco em Milão, e toda vez que chegava encontrava o terreno sem nada, os canteiros vazios, o capim crescendo, sem que se tivesse movido uma única pá. Ia protestar com Caisotti, não o encontrava, a jovem Lina só fazia piscar os olhos, "Ah... não sei...", finalmente Caisotti aparecia cheio de queixas, subterfúgios, justificações. — E por que o senhor não vai falar com o prefeito? — disse um dia a Quinto. — Com o senhor, o prefeito conversa, comigo, não. Vá ao prefeito e peça a ele. Ficamos assim: eu espero enquanto o senhor fala com o prefeito. Combinados?

Ora, Quinto não gostava nada da ideia de ir até o prefeito e perorar em favor de sua causa. É verdade, o prefeito o conhecia, mas de longe, de muitos anos atrás, do tempo do Cê-ele-ene,* e depois nunca mais se viram, aconteceram tantas coisas. Agora apareceria assim, do nada, para pedir um favor, e para quem? Para Caisotti! Naturalmente o prefeito lhe diria que Caisotti isso, que Caisotti aquilo, e ele teria de defendê-lo: qual o sentido disso? Fizera tanto esforço para que não aparecessem oficialmente como sócios, e agora com que roupa, em nome de que... Enfim, não queria saber daquilo.

Mas os trabalhos não começavam, e agora Quinto sentia remorso por achar que era ele quem os estava retardando, porque não queria ir ao prefeito. Adiou, adiou, até que um dia tomou a rua da prefeitura. A prefeitura ficava na antiga praça da cidade, em um complexo de prédios que também incluía as escolas; bem ali, Quinto vivera uma parte de sua vida. Circulou um pouco por escadas e corredores com abóbadas de claustro cobertas de cal, com o prazer que agora lhe dava tornar a pisar aqueles velhos interiores da Ligúria de ar conventual, e ao mesmo tempo sentindo o incômodo de sua condição mista de nativo e forasteiro. Os recepcionistas o mandavam de um andar a outro, porque não se sabia onde o prefeito estava, se é que estava. Fi-

(*) CLN era o Comitê de Libertação Nacional, que reuniu grupos e partidos que atuaram na Resistência ao fascismo. (Todas as notas são do tradutor.)

nalmente preencheu um formulário para ser recebido e se sentou em um banco da antessala. Travaglia sai por uma porta, acompanhado de outros. Puxou Quinto à parte: — Quarta-feira, na Comissão de Construções, o projeto de Caisotti passa, está tudo acertado.

— Mas e a pendência que ele tinha, a multa?

— Tudo acertado, estou lhe dizendo, na quarta-feira a autorização segue para a assinatura do prefeito, podem começar a obra.

— Então é inútil que eu fale com o prefeito?

— E o que mais você quer falar?

— Então, estamos combinados, que beleza; Enrico, você é um deus, nem sei como agradecer.

— Eu? Mas o que eu tenho a ver com isso? — Riu. — Não fiz nada — e escapou num rodopio, roliço feito um pião, como se tudo tivesse sido uma farsa.

As obras começaram. Eram dois que faziam o trabalho. Estavam nas escavações para as fundações. Eram dois serventes de pedreiro; um magro, escuro, maldoso, sempre de calção e torso nu, um lenço na cabeça como um pirata, e estava sempre sem fazer nada, fumando, se engraçando com as criadas, retomando de vez em quando com um suspiro a pá deixada ali, fincada na terra, depois de ter cuspido na palma das mãos; o outro era um gigante com um tórax de touro, a cabeça de cabelos ruivos e rapados, que ele mantinha abaixada, como quem não quer ouvir nem ver os outros, embora tivesse um belo rosto dourado e jovem, de olhar perdido e furioso, e dava duro com a pá e a picareta parecendo um buldôzer, respondendo raramente aos deboches do outro com grunhidos sombrios, quase inarticulados. — Um grande trabalhador — disse a respeito dele Caisotti, que vinha de vez em quando dar uma olhada nos trabalhos, depois de Quinto objetar que com dois homens aquilo demoraria um ano —, só ele faz o trabalho de três homens. Trabalha por uma hora seguida, sem parar um minuto. Se todos fossem como ele.

O lugar mudava de aspecto e cor. A terra mais profunda vinha à luz, de um marrom carregado, com um cheiro úmido e forte. O verde vegetal da superfície desaparecia nos montes à beira dos fossos sob pazadas de terra macia e torrões renitentes. Nas paredes do buraco afloravam nós de raízes mortas, caracóis, minhocas. Do jardim, em meio à densa vegetação, às flores deixadas murchar nos estelos sem ser colhidas, aos arbustos altos, aos ramos das mimosas, a mãe alongava o olhar espiando a cada dia a escavação do terreno perdido e depois se retirava em seu verde.

14

Muito fechado em si, indiferente ao resto, e áspero era o caráter da velha gente de ***. Não resistiu, porém, à pressão fervilhante de outra gente italiana em seu entorno e logo se abastardou. A cidade tinha enriquecido, mas já não sabia o prazer que dava aos velhos o ganho parco do lagar ou da loja, ou os ousados divertimentos da caça aos caçadores, como eram todos antigamente, gente do campo, pequenos proprietários, mesmo aqueles poucos que tinham relações com o mar e o porto. Agora, porém, eram assediados pelo modo turístico de gozar a vida, modo milanês e provisório, ali na estreita via Aurélia abarrotada de carros conversíveis e trailers, e eles ali no meio o tempo todo, falsos turistas, ou dependentes congênitos e descorteses da "indústria hoteleira". No entanto, sob formas novas, a operosa e avara tradição rural ainda persistia nas tenazes dinastias de floricultores, que em anos de esforço familiar acumulavam lentas fortunas; e no alarido mercantil do grupo madrugador dos floristas. Todos os nativos gozavam ou propalavam direitos de privilegiados; e o vazio social que se formava na base atraía, das populosas jazidas de mão de obra da ponta extrema da Itália, as multidões de sombrios calabreses, malvistos, mas com salários convenientes, de modo que agora uma barreira quase racial separava a burguesia das classes subalternas, como no Mississippi, mas não impedia que alguns dos imigrados tentassem bruscas reviravoltas de fortuna, subindo à dignidade de proprietários ou arrendatários e assim insidiando, também eles, aqueles instáveis privilégios.

Poucos sobressaltos viveram, nos últimos cem anos, os habitantes da Riviera, passadas as gerações seguidoras de Mazzini, que acreditaram no *Risorgimento* talvez movidas pela nostalgia das extintas autonomias republicanas. Não as reconquistaram; a Itália unida não lhes agradou; e, desinteressando-se dela, queixando-se dos impostos, se agarraram mais que nunca aos rochedos, exceto quando saltavam dali para a América do Sul, seu grande império familiar, lugar das debandadas juvenis e do desafogo de energias e de engenho, para quem os tivesse em excesso. Na costa se instalaram os ingleses, gente ponderada e individual, tacitamente amiga de pessoas e natureza tão secas. Ali perto, a França dourava Nice, enchendo de inveja a margem de cá. Já havia nascido a civilização do turismo, e a faixa costeira prosperou, ao passo que o interior empobrecia e começava a despovoar-se. O dialeto se tornou mais mole, com cadências indolentes; os famosos expletivos obscenos perderam toda violência, assumindo na fala uma função redutora e cética, cifra de indiferença e autossuficiência. Mas em tudo isso ainda se podia reconhecer uma defesa extrema do atávico cerne moral, feito de sobriedade, de aspereza e de *understatement*, uma defesa que era sobretudo um dar de ombros, um negar-se. (Não dessemelhante à atitude expressa mais tarde por uma geração de poetas da Riviera, em versos e prosas de uma pedregosa essencialidade, que passaram ignorados pelos conterrâneos e celebrados e mal compreendidos pela literatura dos florentinos.) Durante o domínio fascista, acentuou-se — ainda que já fosse bem conhecido — o estranhamento ao Estado, enquanto a cosmópole dos estrangeiros em hibernação cedeu, entre as duas guerras, a uma primeira sedimentação de gentes pan-italianas, nas classes altas e nas baixas.

Ora, depois da Segunda Guerra Mundial viera a democracia, ou seja, o veraneio na praia de populações inteiras. Uma parte da Itália, depois de um incerto quinquênio ou pouco menos, agora gozava de bem-estar, um bem-estar sacrossantamente baseado na produção industrial, mas sempre disforme e incoerente devido à economia nacional desequilibrada e contraditória na distribuição geográfica da renda e gastadora nas despesas gerais e no consumo; no entanto, mesmo assim, era bem-estar, e quem o usufruía podia dizer-se contente. Aqueles que mais podiam dizer-se contentes (e não se diziam, convictos de que lhes era devido muito mais, quando, ao contrário, não o mereciam ou não era possível nem justo que o tivessem), os dos centros industriais do Norte, tendiam a gravitar na Riviera e particularmente em torno de ***. Eram proprietários de pequenas indústrias independentes (alimentares ou têxteis) ou subfornecedoras de outras maiores (químicas ou mecânicas), dirigentes de empresa, diretores de banco, chefes de departamentos administrativos cointeressados nos rendimentos, titulares de representações comerciais, operadores da Bolsa, profissionais reconhecidos, donos de cinemas, negociantes, gestores, todo um setor intermédio entre os detentores de grandes fatias acionárias e os simples empregados e técnicos, um setor que cresceu a ponto de constituir nas grandes cidades autênticas massas, a gente, enfim, que podia adquirir à vista ou em prestações um imóvel na praia (ou alugá-lo por temporadas ou anos inteiros, mas isso era menos conveniente) e que também tinha vontade de fazê-lo, aspirando a férias relativamente sedentárias (não, por exemplo, a grandes viagens ou coisas aventurosas), já que agora, de carro, era possível movimentar-se vertiginosamente e ir, num pulo, beber um aperitivo na França. Agora os muito ricos só apareciam em *** de passagem, correndo de um cassino a outro, e com a mesma rapidez vinham os operários das grandes indústrias, de "lambreta", no feriado de agosto, com suas mulheres em calças compridas e a mochila carregada no banco de trás, para tomar banho de mar nas faixas de praia estreitas e apinhadas, partindo em seguida para o pernoite nas pensões mais econômicas, em outras localidades da costa. Mais tempo se demorava o exército infindável de datilógrafas e contadoras, de shorts, que lotava as pousadas locais arrastando atrás de si a trupe da juventude estudiosa ou contabilista, glória dos *dancings*.

Mas isso valia apenas para o período estrito das férias: a colônia estável de *** era formada por aquele setor da média burguesia já mencionado, habitante de confortáveis apartamentos nas próprias cidades que aqui reproduzia tal e qual (em escala um pouco menor; se entende, é veraneio no mar) os mesmos apartamentos nos mesmos e enormes quarteirões residenciais e a mesma vida automobilístico-urbana. Nesses apartamentos, nos meses de frio, os velhos vinham passar o inverno: pais, avós, sogros que tomavam o sol do meio-dia em passeios pelo mar, como quarenta anos antes já faziam os grão-duques russos tísicos e os milordes. Já na estação em que, noutros tempos, os milordes e as grã-duquesas deixavam a Riviera e se deslocavam para as penumbrosas Karlsbad e Spa em busca dos tratamentos termais, agora, nos apartamentos balneários, os velhos davam lugar às senhoras com crianças e, para os maridos ocupadíssimos, começava o vaivém das estadas entre sábado e domingo.

Era uma farta Itália em tailleur, em casaca, a Itália bem vestida e bem motorizada, a mais bem vestida população da Europa, em grande contraste nas ruas de *** com os grupos deselegantes e antiestéticos dos alemães, ingleses, suíços, holandeses ou belgas em férias coletivas, mulheres e homens de variegada feiura, com uns calções até os joelhos, meiazinhas nas sandálias ou sapatos nos pés nus, certas roupas de estampa florida, peças íntimas à mostra, certas carnes brancas e vermelhas, surdas ao bom gosto e à harmonia até ao mudar de cor. Essas falanges estrangeiras que, ávidas de banhos fora da estação, reservavam hotéis inteiros, sucedendo-se em turnos cerrados de abril a outubro (menos em julho e agosto, quando os hoteleiros não concedem descontos a grupos), eram vistas pelos nativos com um toque de compaixão, ao contrário de como outrora se via o forasteiro, mensageiro de mundos mais ricos e culturalmente abastados. No entanto, para trincar a fácil soberba do italiano bem-posto, desenvolto, distinto, superficialmente atualizado acerca dos Estados Unidos, aflorava o senso severo das democracias do Norte, a suspeita de que naquelas férias deselegantes se movia algo de mais sólido, de menos provisório, civilizações habituadas a realizar mais, a suspeita de que toda a nossa ostentação de prosperidade não passava de um fácil verniz sobre a Itália dos tugúrios montanheses e suburbanos, dos trens de emigrantes, das praças pululantes de povoados vestidos de preto; suspeitas fugacíssimas, que convém rechaçar em menos de um segundo.

Para Quinto, todos esses sentimentos misturados, e um culto tardio à fibra rústica das antigas gerações (que a memória do pai morto recentemente, velho a ponto de poder ter sido seu avô, típico sobrevivente daquela cepa, lhe avivava), tornavam cada vez mais estranha a *** de hoje. Mas querendo, como sempre, contestar a si mesmo (num duelo em que já não se sabia o que nele era autêntico ou forçado), convencia-se de que justamente a nova burguesia dos apartamentinhos em *** fosse a melhor que a Itália podia expressar.

Alistado nessa multidão de civis, empreendedora, adúltera, satisfeita, cordial, filisteia, familiar, conservada, devoradora de sorvetes, todos de calção e camiseta, mulheres, homens, crianças, adolescentes na absoluta paridade das idades e dos sexos, nesse rio pingue e superficial sobre a acidentada realidade italiana, Quinto se dispunha a passar o verão em ***.

15

Os principais acontecimentos do verão foram: um primeiro desentendimento com Caisotti por causa do esvaziamento de uma fossa situada na área vendida (ele afirmava que a obra cabia ao ex-proprietário); um segundo desentendimento com Caisotti pelos montes de terra da escavação que atravancavam a rua; uma interrupção de quinze dias nos trabalhos porque os operários foram chamados por Caisotti para outro canteiro de obras cujo prazo de entrega estava terminando; a falta de pagamento da primeira promissória por parte de Caisotti.

Quinto estava muito contente. Corria sempre de lá para cá: ora ao advogado Canal, para que escrevesse cartas de notificação a Caisotti, ora ao tabelião, por detalhes no registro do contrato que nunca eram perfeitos, ora ao engenheiro Travaglia, para levá-lo ao local da obra e ver se tudo estava sendo feito segundo os termos das cláusulas contratuais (mas o edifício ainda não passara das fundações), ora a Caisotti, para protestar, solicitar ou interpelar. Os profissionais amigos sempre o ajudavam, mesmo sem nunca o levar muito a sério, divertindo-se ao vê-lo finalmente às voltas com problemas práticos; o engenheiro não o poupava de seus risinhos maldosos, o tabelião dava conselhos tranquilizadores, Canal se obstinava por puro rigor profissional.

As relações com Caisotti eram mais difíceis, escorregadias, mas, quando se conseguia segurá-lo, eram os momentos em que Quinto colhia os frutos mais preciosos de sua iniciativa. Frutos morais, é claro (quanto aos frutos materiais, que deveriam vir em seguida, insinuava-se uma inquietude, um calafrio de risco que — agora Quinto o experimentava pessoalmente — era o sal da iniciativa privada): uma troca de frases na qual transparecia o mútuo respeito entre o detentor do capital e o empreendedor, um olhar de entendimento ou até de cumplicidade, um momento de confusão do interlocutor que lhe confirmava a habilidade de um movimento seu. As abordagens eram bruscas: Quinto o surpreendia quando ele estava no café Melina, sentado à mesma mesinha da calçada, sozinho como de costume, com a xícara ou o copo vazio, carrancudo. (Os negócios deviam estar tomando um mau caminho.) — E então, Caisotti, que história é essa? — Quinto o atacava. O empresário torcia o olhar para ele e depois o desviava de novo, como se preferisse não vê-lo. Num crescendo um tanto forçado, Quinto explicava seu protesto. Caisotti olhava sempre adiante, tensionava os lábios como se estivesse freando o ímpeto de violência que o assaltara e conseguisse atenuá-lo, balançando a cabeça e depois se abandonando sobre ela, numa manifestação de desconforto e desconfiança geral. Suas respostas, de um desapreço absoluto, eram sempre despropositadas e muitas vezes insultantes, a ponto de cortar qualquer discussão. Os dois logo chegavam às vias de fato: os murros desferidos sobre a mesa (o punho tosco de Caisotti, compacto como uma pequena bola de futebol) tintinavam copos e xícaras nos pires. Na troca de ofensas, Quinto percebia satisfeito que era o empresário que parecia preocupado em não erguer a voz, para ocultar a ouvidos alheios o teor da desavença. Depois, ambos se aquietavam, o obstáculo que até então os dividira era dado por superado: falava-se do futuro, das vantagens que os dois obteriam com o prosseguimento da empreitada. Agora falavam como sócios, como iguais. A gente mista e atarefada que enchia a rua caminhava entre seus pés. O olhar, correndo por um ajardinado declive alegre e banal, descia rumo à marina.

Quinto voltava para casa e, no buraco das fundações, via o operário de cabelo ruivo, sozinho (o outro escapava antes do fim do expediente), escavando, escavando feito um condenado.

16

— Enquanto isso, se alguém aparecer querendo um apartamento ou uma loja, pode mandar me procurar — disse Quinto ao gerente da Agência Superga, depois de ter pagado a comissão pelo negócio.

— Como, doutor? Procurá-lo para quê? — indagou o toscano.

— Sim, quero dizer, ainda vamos precisar de uns meses — explicou Quinto. — O prédio que está sendo erguido ali, sabe? Aquele que Caisotti está construindo... Vai ficar pronto em dezembro.

O empregado da agência riu. — Ah, sim, quem dera se fosse em dezembro!

— Em dezembro, com certeza: está no contrato! Nós temos a "reserva de domínio"! — Quinto já se resignara a não ter, em dezembro, os apartamentos prontos, mas ouvir isso como coisa certa por este aqui que não tinha nada a ver com o caso o irritou.

— Caisotti deve entregá-los de qualquer jeito!

— Ah, doutor, é melhor admitir que ficarão prontos no ano que vem, vamos. Quanto à data, é bom não pôr a mão no fogo. Quando se trata de um Caisotti...

— Como? E o senhor me diz isto agora? Quem me trouxe Caisotti? O senhor!

Havia uma mulher na imobiliária, uma senhora morena, magra, bronzeada. Interveio: — Estavam falando de apartamentos? Em que bairro? Quantos quartos? — Devia ter uns trinta e cinco anos, milanesa ou lombarda, magra demais no vestido estreito de verão, até meio consumida, com o rosto um tanto marcado, mas dentro do olhar havia certo ímpeto, certo fogo. Quinto olhou seu rosto, os seios, os braços nus.

— Não, senhora — disse o toscano —, por ora ainda não estão prontos; além disso, a senhora quer para comprar, e o doutor preferiria alugar, não é mesmo?

— É verdade — disse Quinto, e assim morreu o assunto.

— No entanto, aquele prédio novo que lhe mencionei, senhora... — voltou a falar o toscano.

— Bom dia — disse Quinto, e foi embora aborrecido. Os modos do sujeito da imobiliária, que logo excluíra a possibilidade de que a senhora pudesse interessar-se por seus apartamentos, o ofendera. Foi tomado de desgosto, de uma raiva por não ter podido conversar com a senhora sobre o número de cômodos, a localização, os serviços... Após ter lançado aquele cumprimento brusco, a senhora se virou para ele com um ar interrogativo e acenou com uma saudação, um sorriso... Uma mulher interessante, talvez não propriamente bonita, mas interessante: bem mulher. O que Quinto mais queria não era ter falado dos apartamentos, mas falar com ela. Por isso agora não se afastava daquele ponto da calçada, como esperando que ela saísse da imobiliária. De fato, logo em seguida a avistou vindo em sua direção. Os dois se cumprimentaram. — Desculpe — disse ele, detendo-a —, queria lhe dizer que, caso a zona lhe interesse, para aqueles apartamentos, sem compromisso, vender ou alugar, depois podemos chegar a um acordo...

— Ah, obrigada, ainda não sei bem, estava falando com aquele senhor só para ter uma ideia... Ainda não sei se ficaremos aqui ou em Rapallo. Meu marido...

Fizeram um trecho de rua juntos.

— É de Milão?

— Bem, na verdade sou de Mântua.

— Ah, que maravilha! E a que praia costuma ir?

— À Serenella. Conhece?

— Ah, de vez em quando vou lá.
— Se por acaso passar por ali, meu guarda-sol é o primeiro perto do cais.

Foi no dia seguinte. A praia era estreita e estava lotada. A sra. Nelly dividia a barraca com um grupo de amigos, entre os quais um coronel. Quinto teve de se sentar e participar da conversa, um grande tédio. Estava arrependido de ter ido. De maiô a senhora não era grande coisa, já não lhe interessava como na véspera. O mar estava meio agitado, ninguém tinha vontade de mergulhar; por fim se decidiram, enfrentando as ondas aos pulos e com fortes gritos. Uma corda meio podre, toda verde de algas pegajosas, pendia de uma fila de estacas de ferro. Nelly, que estava com medo, não se afastava da corda. A cada onda, Quinto a segurava pelo braço, por trás, para sustentá-la. Ao aproximar-se de uma onda que parecia mais forte, pegou-a com as duas mãos pelos seios. A onda, no entanto, era pequena. Nelly não afastou as mãos dele. Sorriu.

Passaram a noite juntos. Para encontrar um quarto, Quinto circulou a tarde toda: era agosto, hotéis e pousadas estavam lotados. Encontrou um quarto para alugar, cujo proprietário só exigia o documento dos homens. O quarto dava para uma rua do centro; Quinto, habituado às noites ventiladas em sua casa no alto, sentia muito calor e não conseguia pegar no sono. A cama era de viúva, com pouco espaço para dois. Estavam nus, o lençol suado, da janela aberta entrava a claridade de um poste. Nelly dormia dando-lhe as costas; ele, afastado, ficava na borda do leito. Pensou em acordá-la; na verdade, para uma primeira vez, o amor tinha sido escasso, ele sentia o dever de recomeçar, só precisava de um pouco de boa vontade; mas a senhora dormia, ele tinha preguiça, preferiu pensar que ela fosse um tipo assim, que não se importava tanto, e não aquele tipo sensual que lhe parecera à primeira vista. Observava-lhe a nuca já sem viço, as escápulas agudas; há anos Quinto só se deitava com mulheres que lhe fossem levemente desagradáveis, por um motivo assumido: tinha medo de se envolver, queria apenas amores breves.

Começou a pensar na construção, em Caisotti, na promissória...

17

Faltou cimento. Naquele mês, segundo se dizia, não tinham sido feitas as entregas habituais, e os canteiros de *** estavam parados. Segundo se dizia... Caisotti dizia! Na verdade, indagado sobre o assunto, o engenheiro Travaglia também o confirmou, mas depois deu sua risada, dando a entender que, sim, faltava cimento em certas condições, mas era possível obtê-lo em outras, em suma, bastava pagar. Vários canteiros haviam suspendido os trabalhos; por alguns dias; depois, todos mais ou menos retomaram. Somente Caisotti não tinha cimento, e agora era o momento da concretagem.

— É claro que estou fazendo isso de propósito! Só faltava me trazerem mais angústia! — investiu contra Quinto, que voltava a lhe pedir explicações; e, como sempre, de violento passou a lamentoso: — Faço para me divertir, deixar a mão de obra parada, o material comprometido para nada, perder a melhor estação, atrasar as entregas! Mas se não me dão o cimento, santo Cristo, se não me dão! — De uns tempos para cá, tornara-se intratável. Tinha metido na cabeça que, por não ter podido pagar ainda aquela promissória, agora os Anfossi o denegriam em público, espalhando boatos contra ele.

— Como é que é, Caisotti? Não nos paga e ainda nos acusa!

— Oh, santo Cristo, todos podem ter seus maus momentos, qual a necessidade de falar por aí, por que chamar o advogado, que não gosta de mim, aquele lá, sei disso há tempos! Por que falar de mim ao tabelião, que depois espalha por meia ***, sim, sim, sua mãe, sua mãe foi falar por aí que eu não pago as dívidas, e agora todos estão no meu pé, e eu fiquei sem cimento...

— Ah, então é verdade: o cimento é porque não paga o que...

Ergueu o punho até o nariz de Quinto, gritando: — Chega! Não pago: chega! — Estava na área remexida do canteiro de obras, entre montes de terra e caibros jogados por ali. Do depósito de ferramentas saiu o pedreiro de cabelo ruivo, que se postou atrás dele, gigantesco, meio curvo, a cara átona, um ar entre anjo e orangotango.

— Abaixe as mãos, certo, Caisotti? Aqui não adianta nada mostrar os punhos — disse Quinto. Jamais como naquele momento o empresário lhe parecera um herói desarmado em um mundo hostil, batendo-se sozinho contra todos. Além disso, estava satisfeito por não ter experimentado diante do ímpeto violento de Caisotti nada mais que um sentimento de superioridade e frieza, sem se esquecer de que era ele quem tinha o comando nas mãos. Com efeito, Caisotti escondeu imediatamente as mãos no bolso, como envergonhado, arrependido de seu ímpeto, balbuciou alguma coisa e então despejou sua ira no gigante, gritando com ele sabe-se lá por quê, enquanto o outro o escutava de cabeça baixa.

Quinto manteve o controle da situação, mas Caisotti não pagou nem retomou os trabalhos.

Depois houve a questão dos tubos. Tubos de irrigação do terreno, que eles haviam desencavado durante as obras e depois deixaram ali. Todo o material que se pudesse aproveitar (o da demolição dos vasilhames etc.) era, por contrato, de Caisotti. Mas a mãe, vendo aqueles tubos enferrujando, abandonados ali como jogados fora, certa vez perguntou a Caisotti, aparecendo por entre a cerca viva: — E aqueles tubos, vai utilizá-los?

Caisotti estava num de seus dias sombrios; revoltou-se: — Mas o que é que eu vou fazer com seus tubos?

— Então, se o senhor não vai usá-los, eles me servem aqui no jardim, vou mandar buscá-los — disse a mãe, toda contente.

De fato, no dia seguinte, enviou o jardineiro até lá e mandou fazer um novo braço de tubulação para aguar um canteiro de narcisos. Isso acontecera havia mais de um mês. Agora, numa outra vez em que a mãe aparecera por entre a cerca viva, ouvindo que Caisotti estava ali, e quem sabe o que ela lhe dissera sobre a promissória e o atraso da obra — porque ela, sempre muito calma, cuidando de suas flores, nunca deixava passar a oportunidade de dar-lhe uma alfinetada —, e sabe-se lá o que ele resmungara para evitar uma resposta, e tudo parecia encerrado ali, tendo ambos se voltado para seus próprios afazeres, eis que a voz de Caisotti se eleva, trovejando: — E eu vou denunciá-la por furto, por furto, senhora Anfossi! Assim aprende a não andar por aí roubando o encanamento alheio! Primeiro vendem e depois roubam o que me venderam: bela atitude de cavalheiros!

A mãe balançou a cabeça: — Está doido.

Naquele dia chegava Ampelio. Estivera em um congresso de química na Alemanha. Chega.

Quinto estava em cima, percebeu que ele está falando com a mãe e depois torna a sair. A mãe sobe. — Quinto, rápido, vá atrás de Ampelio, corre, tenho medo de que ele faça alguma besteira com Caisotti; assim que entrou, eu disse: "Oh, Ampelio, sabe que o malandro do Caisotti teve a ousadia de me chamar de ladra!". E ele: "Onde está? Onde está? Eu quebro a cara dele!", e saiu para procurá-lo.

Quinto correu pela rua, viu o irmão andando adiante, a bom passo, apressou-se em alcançá-lo. — Ampelio! Ampelio! O que foi? Mamãe se assustou... Vai aonde?

Ampelio não se virou e continuou caminhando, sem nem sequer olhar o irmão. — Vou quebrar a cara dele.

— Imagine, se a gente fosse dar importância a tudo o que Caisotti diz... É um irresponsável, um selvagem...

— E eu quebro a cara dele.

— Olhe, é melhor que você não desça a esse nível, noutro dia eu mesmo quase me engalfinhei com ele, é um animal, está tentando complicar as coisas para atrasar os compromissos; se houver um bate-boca, uma briga, é justamente o que ele quer.

— Enquanto isso eu quebro a cara dele.

A essa altura seria o caso de passar a outra ordem de objeções: que Caisotti tinha ombros maciços como um muro e uns punhos que bastava um para abater um bezerro, ao passo que Ampelio era um professor sem vínculo que pesava se tanto cinquenta quilos. Mas isso nenhum dos irmãos mencionou nem provavelmente pensou. Quinto, por sua vez, caminhando com dificuldade atrás de Ampelio, desenvolveu a seguinte teoria: — Veja, Ampelio, as relações com Caisotti estão numa fase muito delicada, é preciso ter tato, diplomacia, minimizar os impulsos dele, adotar uma tática elástica...

— Estou vendo o que você conseguiu obter com sua tática elástica... No prédio ainda não há nem um tijolo...

Agora foi Quinto que se enfureceu: — Essa é boa! Você só aparece agora, nunca deu as caras! E eu há meses penando atrás de Caisotti! Agora você chega todo fresco e tem a cara de pau de bancar o intransigente! O salvador da pátria!

— Mas eu estava em Frankfurt.

— E daí? Isso é lá explicação? — respondeu Quinto, mas se pôs a pensar um instante antes de continuar e acabou perdendo o embalo.

Seguiram adiante por mais um trecho, sem dizer nada. De resto, não se sabia onde Ampelio pretendia achar Caisotti, nem Quinto lhe perguntou. Estavam nisso quando de repente, ao atravessar a praça, se ouvem uns roncos de moto e quem se apresenta diante deles? Atrás do para-brisa de um furgãozinho, com uma espécie de carroceria que se projeta para a frente em forma de torpedo, plantado sobre o selim, segurando o guidão vacilante, Caisotti em pessoa, de gorrinho com abas sob o queixo e jaqueta impermeável, todo espigado. Dirige-se a Ampelio como se tivesse interrompido uma conversa com ele poucas horas antes: — Finalmente chegou o cimento! Estão vendo que era só ter um pouco de paciência, como eu lhes dizia? Agora retomo

imediatamente as obras, coloco o maior número possível de homens no canteiro, os senhores me dão um pouco mais de respiro e eu pago a promissória com juros, tudo bem?
Ampelio estava tranquilo, sério, afável: — Perfeitamente. Para quando é a concretagem das fundações?
— Para sábado.
— Este sábado? Não pode ser antes?
— Sábado é um bom dia. Depois tem o feriado de domingo e a secagem. E segunda recomeçamos os trabalhos.
— E com a promissória, como vamos fazer? Daqui a pouco vence a segunda.
— Quer dizer que dessa vez vai ser preciso um pouco mais de paciência, e eu lhes pago as duas promissórias juntas. Já fiz meus cálculos e estou seguro. Caso contrário, não diria a vocês.
— Contamos com isso, Caisotti.
— Desta vez, vamos bater todos os recordes. Até breve. Meus cumprimentos a sua mãe — e, com uma salva de estampidos, repôs em movimento um furgãozinho e partiu.

Quinto ficara desconcertado. — Você viu? — disse Ampelio.
— Vi o quê? Vi o quê? Enganou a gente de novo, foi isso o que eu vi!

Ampelio fez um breve aceno com a cabeça, como se excluísse decididamente essa possibilidade. — Não, não, desta vez ele vai fazer tudo o que disse.

— Que nada! Mas você não conhece a peça! Que concretagem no sábado! Sabe a que ponto estão os trabalhos? Venha ver! Ele zombou de você! E esse adiamento da promissória, como se não fosse nada... E você que deixa passar todas, tranquilamente...

— E você? Ficou calado o tempo todo!
— Estava observando você, pelo amor de Deus! Nunca imaginei...

Ampelio balançou a cabeça. — Você não se deu conta da situação — disse. — Ele está num momento difícil, mas com possibilidades de recuperação. Se ficarmos em cima dele, se protestarmos a promissória, instala-se o pânico entre os credores, e num instante o empurramos para a falência. Agora me pergunto: é conveniente para nós? Ou não seria melhor apoiá-lo? Se ele falir, haverá causa para a liquidação, um monte de credores, as obras confiadas a outra empresa, quem sabe em que condições... No entanto, se ele se recuperar, nós também nos recuperamos.

Quinto torcia as mãos. Era justamente esse o quadro da situação a que ele chegara, e do qual tentara convencer o irmão pouco antes. E agora... — Mas, me desculpe, você não queria quebrar a cara dele?

— Não era um momento psicologicamente favorável, é óbvio. Além disso, ele recuou, a fala dele buscava uma espécie de reparação, não notou? Até no final: meus cumprimentos... Tinha mudado da água para o vinho...

Agora estavam prestes a começar uma briga entre eles. Bastaria que Quinto dissesse o que tinha na ponta da língua, "Tudo mérito seu, não é?", ou que Ampelio não soubesse controlar-se a tempo e cedesse à tentação de acrescentar, "Basta um pouco de energia", e os dois sairiam no braço. Em vez disso, se calaram. Logo depois, como se não tivesse mais onde se agarrar, Quinto emendou: — Mas era preciso dizer a ele que o mais urgente é conter a terra do nosso lado, depois que derrubaram a mureta e jogaram tudo ali, se não, com a primeira chuva, tudo aquilo desmorona!

— Quanto a isso, passamos no escritório e lhe deixamos um aviso — disse Ampelio. — É sempre bom não misturar questões secundárias com as principais.

Foram ao escritório. Quinto entrou primeiro, porque Ampelio parara para comprar cigarro. A secretária estava mais evasiva que nunca. — Sim, pode deixar o recado comigo, ou deixe por escrito, se preferir. Se Caisotti vier... Faz uns dias que não o vejo... — sorriu de repente e fez um largo gesto com o braço. — Ei! O viajante retorna! O que me trouxe de presente?

Ampelio estava na soleira. Bateu os tacos do sapato, inclinou-se até quase o chão e disse: — *Gnädiges Fräulein...**

(*) "Gentil senhorita" ou simplesmente "senhorita", em alemão.

18

O jornal mais lido em *** era *Il Previdente*, quinzenal da Câmara de Comércio. Eram quatro páginas de pequeno formato, preenchidas exclusivamente por uma lista de protesto de promissórias. Os nomes vinham em ordem alfabética, com o endereço, o valor da dívida e, em alguns casos, a justificativa pelo atraso. As justificativas eram lacônicas, soavam reticentes ou indulgentes: "em viagem", "por doença", "não foi localizado" e, muitas vezes, como num abrir de braços, "falta de recursos". Um mundo de pequenas empresas, tentativas, negócios, ambições e naufrágios boiava naquelas colunas de impressão desbotada: embaladores e entregadores de flores, sorveteiros, construtores, locadores de quartos... e a mais densa miuçalha de gente que nem se sabe o que está tentando, de quem busca agarrar-se às margens do fluxo de dinheiro, de quem vai levando com dívidas, condenados à vergonha das baixa cifras dos valores protestados.

Agora, a cada quinze dias, ao ver nas mãos dos conterrâneos o novo número do *Previdente*, Quinto também corria para a banca e, em meio àqueles que já abriam o jornal ainda na rua e percorriam suas colunas, ansiosos por verificar a situação financeira das pessoas com quem tinham negócios, por perscrutar a possibilidade de uma crise ou de uma falência, ou por simplesmente bisbilhotar o bolso alheio, também ele se apressava em buscar um nome, aquele nome. Certo dia, lá estava: Caisotti, Pietro, com duas promissórias de trezentas mil liras protestadas. Era a quebrada da qual muitas empresas jamais saíram. Os pagamentos, a entrega das unidades, tudo se tornava problemático, suspenso por um fio.

Era preciso andar na ponta dos pés. Até Canal recomendou calma, ele mesmo faria sondagens. Mas ali Caisotti se revelou hábil, ele mesmo foi falar diretamente com o advogado, como para acautelar-se contra uma ação imediata; explicou que o protesto, publicado agora, correspondia à situação de duas semanas antes, já em fase de entendimento; estava para concluir certos negócios, ele mesmo era credor de muita gente, em breve teria condições de saldar todas as dívidas. Por meio de Canal conseguiu-se descobrir que de fato Caisotti estava prestes a receber certa soma, soube-se até a data e o montante da cifra. Não era muito dinheiro, era preciso pô-lo rapidamente nas cordas para que, antes de qualquer outro débito, ele pagasse o que devia aos Anfossi. Ele receberia o dinheiro na manhã seguinte, e ficou decidido que Quinto iria a seu escritório no início da tarde, de surpresa, levando a promissória, para que o empresário não tivesse nenhuma desculpa de não ter como pagar.

Tocou, tornou a tocar (uma campainha de mola, daquelas em que se gira uma chavinha) e já estava para ir embora, quando abriram. Sempre Lina, levemente suada (era um dia quente de agosto), mas, em vez das tranças, trazia o cabelo preso atrás, num rabo de cavalo. — Está procurando Caisotti? Não sei se ele está. — Como, não sabe? — Eram dois cômodos. No pequeno corredor se abriu uma porta. Estava escuro, e daquele escuro, num cauteloso achegar de calango, despontou Caisotti com o ar de quem estava dormindo. Dormindo vestido: a camisa amarrotada, o cinto desafivelado, os cabelos desgrenhados. Indefeso, parecia ainda nem ver ou ouvir, concentrado apenas em mover a boca de palato espessado. Depois deu meia-volta, foi à janela, escancarou persianas e janelas; a luz encheu o quarto, deixando-o mais cego que antes. Então era a própria sala de escritório que lhe servia também de quarto: a cama, ou melhor, uma enxerga no chão, com lençóis amarfanhados, estava atrás de um biombo, ao lado de uma bacia de ferro. Caisotti foi até a bacia, despejou um pouco de água da jarra, levou-a ao rosto, se enxugou. Então, com a cara ainda meio cozida de sono, a testa e os cabelos molhados, sentou-se à escrivaninha. Quinto acomodou-se diante dele. Lina já não estava. Fora da janela, era o meio-dia da cidade ao qual se fundia impalpável o aroma da areia escaldante das praias. Quinto teve a sensação de já ter dito tudo o que viera dizer, e no entanto era como se nada ainda tivesse sido dito. Nem a mínima luz atravessara os olhos grumosos do empresário.

Foi ele quem começou a falar, Caisotti, lentamente, suspirando, como se já estivesse na metade da fala: — O que quer que eu lhe diga, meu caro, a certa altura, deixo que eles façam e não digo mais nada — e continuou assim. A luz o incomodava, tornou a encostar as persianas. Explicava como era difícil trabalhar, construir, com todos tentando passar-lhe a perna, a prefeitura com sua montanha de vetos, o Estado com os impostos, o material que o deixava na dependência deste ou daquele. Quinto percebia que aquele discurso de Caisotti tinha sido estudado de tal modo que o interlocutor não pudesse negar-lhe sua aprovação: um tipo especial de aprovação, porque a fala não se dirigia tanto ao sócio nos negócios ou ao credor, mas sobretudo ao homem de opiniões políticas que ele era ou tinha sido.

— E o cimento? Sabe o cimento? Isso também é um grande problema, eles nos estrangulam do jeito que bem entendem, não há como escapar, é um monopólio... — e passou a lamentar-se do cartel do cimento, a citar fatos, abusos, constrições, canteiros de obra que poderiam muito bem ser abastecidos de cimento, mas eram adquiridos e paralisados pelos poderosos grupos cimenteiros. Nesta fala, ao identificar as causas de suas dificuldades, ao enquadrar elementos díspares, o empresário mostrava certa argúcia, para surpresa de Quinto. E no fim das contas era tudo irritantemente óbvio: a velha história do pequeno empreendedor esmagado pelos grandes monopólios, uma passagem obrigatória em qualquer discurso crítico sobre a economia italiana, irritante sobretudo para Quinto, que não fora até ali para ver as coisas daquele ponto de vista, mas de outro; não que tivesse uma opinião contrária, tratava-se de conceitos notórios, no fundo aceitáveis por todos, mas agora ele estava no papel do proprietário imobiliário e queria pensar as coisas como pensam os proprietários imobiliários.

Caisotti falava de uma tentativa de abrir uma jazida de cimento em sua propriedade no interior, onde possuía um pequeno pedaço de terra que não rendia nada, todo cheio de pedras, e essas pedras, segundo ele, eram boas para o cimento. Contou como os grupos cimenteiros conseguiram impedi-lo de continuar, depois de ele já ter investido muito dinheiro. Em Quinto reacendeu a atenção do proprietário; aquele pedaço de terra representava, nas intenções do advogado, uma última garantia, já que seria possível hipotecá-lo; e agora se descobria que era todo de pedras, talvez até boas para o cimento, mas inutilizáveis, porque o monopólio não queria aquilo.

— Ah, se luta, se luta... — disse Caisotti. — Quem teria imaginado naqueles tempos, hein, Anfossi, que chegaríamos a este ponto? Lembra?

— Ah... — fez Quinto, mas não entendia bem a referência de Caisotti a lembranças ou opiniões comuns.

— A gente achava que, depois de derrotar aqueles outros e descer a montanha, tudo se arranjaria por conta própria... E no entanto...

Descobriu-se que Caisotti tinha militado entre os partisans, aliás, na mesma brigada de Quinto; tinha sido "intendente de brigada" e se chamava "Bill". Quinto tinha tido poucos contatos com a intendência, os destacamentos e os serviços da brigada se espalhavam em vários meandros do vale, ou de vales diversos; mas agora tinha a impressão de recordar o nome de "Bill" e de talvez o ter visto uma vez, marchando depressa, com a camisa cáqui e um *sten* a tiracolo, protestando contra o saqueio de parte da carne bovina. Já Caisotti sabia em que formações Quinto estivera, recordou-lhe os lugares dos acampamentos, nomes que

Quinto tinha esquecido, mas que eram com certeza familiares a Caisotti, já que ele vinha justamente daquelas bandas. Levantou-se, foi a um canto do cômodo. — Está vendo? — Meio escondido por um armário, pendurado no alto, havia um quadro; um daqueles quadros com todas as fotografias dos caídos em combate de uma cidade ou de uma formação, com uma tarja branca, vermelha e verde num ângulo e uma inscrição assim: "Glória eterna aos voluntários da liberdade caídos, da brigada...". Quinto apurou a vista, o quadro estava na sombra e o vidro, empoeirado; os rostos dos caídos eram mínimos e minúscula era a escrita dos nomes. Tinha a impressão de não reconhecer ninguém ali. Mas conhecera tantos daqueles que depois seriam mortos! Ainda era fácil comover-se pensando que até ontem à noite havia comido castanhas do mesmo caldeirão com eles, dormido ao lado deles na palha... No entanto agora lhe ocorria buscar um só dentre eles, que mal conhecera, um recém-chegado e morto logo em seguida, estupidamente: estava de patrulha com ele, e só por acaso um se ocupara de uma zona, e o outro, da outra. Agora lhe parecia que uma daquelas fotos minúsculas se assemelhava a ele, mas também podia ser aquela outra, ou então a do lado: eram fotografias de sabe-se lá quanto tempo atrás, muitos ali eram ainda rapazes, muitos com o quepe e as estrelinhas de quando eram militares, qualquer um podia ser tomado por outro, não se entendia nada. Deu um longo suspiro e não sabia mais o que dizer.

Enfim, não resolveu nada. Caisotti pedia uma prorrogação ao pagamento da promissória: precisava terminar outra construção já iniciada, o que lhe permitiria concentrar material e mão de obra no canteiro dos Anfossi e concluir o trabalho no tempo previsto (a ser calculado — relembrou — a partir da concessão para a obra, e não da assinatura do contrato). Impor-lhe mais dificuldades seria prejudicial também para eles.

Quinto voltou para casa de péssimo humor. O que o inquietava não era só o fato ter saído de lá mais uma vez de mãos vazias, mas também ter descoberto que Caisotti fora um antigo companheiro de lutas. A sociedade italiana tinha dado uma bela guinada!, exclamava para si. Dois partisans, um camponês e um estudante, dois que se rebelaram juntos pela ideia de que a Itália devia ser refeita de cima a baixo; e agora lá estavam eles, em que se tinham transformado, dois indivíduos que aceitam o mundo como é, que correm atrás do dinheiro, sem nem sequer as virtudes da antiga burguesia, dois trapalhões do meio imobiliário, e não por acaso se tornaram sócios no negócio e, claro, tentavam trapacear-se reciprocamente... Porém — observou Quinto — ao camponês restara aquela atitude de considerar como luta social todas as dificuldades que se lhe apresentavam. E a ele?

Naquele dia De Gasperi tinha morrido. A notícia chegou com os jornais vespertinos; a avenida principal estava cheia de gente colorida e barulhenta, que voltava da praia na luz cordial da tarde; os jornaleiros passavam esvoaçando as grandes manchetes tarjadas de luto e a foto do defunto. — Morte de De Gasperi! Nova vitória de Coppi! — gritava um vendedor erguendo o jornal — Nova vitória de Coppi! — uma menina tirou o sorvete da boca: — Papai, De Gasperi morreu? — Ah, sim... — disse o pai, enquanto olhava os cartazes do cinema.

Diante de tanta indiferença, Quinto era o único que se sentia obscuramente ofendido, o único a pensar no fato, naquele De Gasperi que a esperança revolucionária de sua juventude havia considerado um intruso instalado na história da Itália no momento em que tudo devia ser diferente; e agora, olha aí: a burguesia, que poucos anos antes o saudava como seu salvador, restaurador de suas fáceis comodidades, agora já o tinha esquecido, tinha esquecido o medo ("o medo que metíamos nela", pensava Quinto, "quando éramos a esperança"), e agora somente sabia que aquele homem magro, vindo da montanha, honesto, obstinado, um pouco estreito, de não muitas ideias, mas intransigente nelas, católico de um despojamento pouco italiano, nunca lhe fora simpático.

19

Envolto no castelo de andaimes como um amontoado confuso de tábuas, cordas, baldes, peneiras, tijolos, massas de areia e cal, o edifício crescia no outono. Sobre o jardim já tombava sua asa de sombra; o céu nas janelas da casa estava murado. Mas ainda parecia uma coisa provisória, uma tralhada que depois se abate assim como se ergueu; era desse modo que a mãe tentava considerá-lo, concentrando o descontentamento em aspectos transitórios, como os objetos que caíam dos andaimes nos canteiros ou a desordem das traves na rua, evitando considerar o edifício como edifício, algo que ficaria plantado ali para sempre sob seus olhos.

Em substituição ao pagamento de uma promissória, Caisotti propôs aumentar o número de cômodos que entregaria aos Anfossi. Foi uma longa tratativa: ao negociarem a cubagem dos novos cômodos, descobriu-se que Caisotti os construíra mais estreitos do que fora estabelecido no contrato, para que coubesse um a mais. Ou seja, era como se ele roubasse espaços que lhes cabiam e, com esses espaços roubados, pretendesse pagar as promissórias. Canal aparou o golpe, fez um aditivo ao contrato, várias cláusulas do antigo contrato foram revistas, reiterou-se a "reserva de domínio" associando-a também à entrega dos novos cômodos, mas, no fim das contas, quem sabe quando veriam a cor do dinheiro, e quem sabe quando se daria a entrega dos apartamentos prontos.

Para essas tratativas, Ampelio também veio a *** por uns dois dias. Ambos estavam em casa quando aparece, fresca, fresca, a tal da Lina. Trazia uns papéis, Caisotti a mandara checar certos dados para a transcrição nos registros da prefeitura. Não se entendia muito bem o motivo de todo aquele zelo; nunca que Caisotti a incomodaria para que fosse ali. Por coincidência, a mãe não estava em casa; e era justamente a mãe que acabava recolhendo os papéis e as contas que Quinto, entre idas e vindas, esquecia aqui e ali; e qualquer coisa que se quisesse saber, era preciso recorrer a ela.

Quinto e Ampelio começam a estudar o problema no escritório, sob o olhar suave de Lina. — Espere um pouco, vou lá buscar aquela conta que fizemos na outra vez — diz Quinto, e vai vasculhar em outra parte da casa. Revira metade de um armário, passa e repassa uma dezena de pastas, mas não acha o que procurava. Quando volta ao escritório, os papéis de Caisotti ainda estão estendidos na escrivaninha, mas nem a garota nem Ampelio estão mais lá. "Deve ter ido embora", pensa Quinto, "amanhã ela volta para pegar os dados." E chama: — Ampelio! — Ampelio não responde. Sair, não tinha saído, porque no cabideiro estava a boina que o irmão, já meio calvo, punha sempre quando ia para fora. Talvez estivesse no andar de cima. Quinto subiu e percorreu os quartos, chamando-o, depois entrou no banheiro e de lá passou ao quarto do irmão.

Ali estavam Lina e Ampelio, na cama. Ela se virou subitamente para o travesseiro e Quinto viu suas tranças negras voando e um ombro rosado e redondo a despontar do lençol. Ele se ergueu sobre o cotovelo, nu e magro com as costelas expostas, tateou com um gesto mecânico os óculos no criado-mudo e disse: — Mas será possível que você sempre aparece para encher o saco!

Quinto fechou a porta e desceu furioso. Sentia um ódio mortal pelo irmão. Aprontar aquilo ali, dentro de casa, com uma empregada do empresário, num momento tão delicado na relação de negócios, e subir num piscar de olhos com aquela santinha hipócrita, aquela sem-vergonha... Ah, sim, era muito fácil! Ampelio não estava nem aí para os negócios, deixava todas as responsabilidades e as bombas nas mãos dele, que se virava para favorecer também o irmão, e, quando o outro chegava, ainda vinha se queixar... como se não bastasse, agora estava lá em cima, no bem-bom com a moça, enquanto ele, Quinto, revirava os papéis; aliás, o ludibriavam, fazendo-o buscar umas contas que talvez não servissem para nada! Aquela safadinha era capaz de tudo: com ele, Quinto, sempre de olhos baixos; já com o irmão, *allez*! Vai ver que era o próprio Caisotti que a mandara ali, para enrolá-los, mas nesse caso se entendia por que não a mandara seduzir a ele, ele com certeza não cairia nessa, mas isso de mandá-la para o irmão também não era uma boa jogada; seja como for, era uma indecência, uma grande indecência. E agora, o que ele ia fazer naquela casa? Segurar a vela para eles?

Estava para sair quando a campainha tocou. Era Caisotti. Vinha buscar certos dados, para a prefeitura... Mas era uma questão muito urgente? Caisotti estava receoso de uma maneira inabitual, inseguro, parecia um tanto ansioso. Quinto o levou até o escritório, indicou-lhe os papéis que sua secretária havia trazido, disse que estavam procurando... Mas Caisotti agora perguntava:

— Ah, então a jovem esteve aqui? E onde ela está?

— Por quê? Não foi o senhor que a mandou vir?

— Sim, sim, mas ainda precisava fazer vários trabalhos. Agora preciso dizer uma coisa a ela. Onde está?

— Ah, deve ter saído.

— Não, eu não a encontrei... — E Caisotti olhava ao redor, para os outros cômodos da casa, para a escada, como um animal perdido.

— Deve ter tomado outro caminho. Onde mais poderia estar?

Enfim, parecia que Caisotti a tinha seguido até ali e, não a vendo descer, subira para procurá-la. Agora buscava todas as desculpas para não ir embora, se plantara na casa e não pretendia sair. Enveredou numa conversa conciliadora, até condescendente, arriscou propostas de melhoras gratuitas nas obras a serem entregues, mas sempre com esse ar inseguro, arisco, perscrutando Quinto como se esperasse desmascará-lo. De vez em quando, porém, parecia que o desconforto que o mantinha ali se coagulava em ódio, em violência a custo reprimida, e se viam os músculos moles de seu rosto retesar-se, pálido, e os punhos cerrados e sanguíneos, e a boca de tubarão retorcer-se num trêmulo adoçamento que parecia prenunciar uma enxurrada de urros. Já Quinto, irritado por estar preso ali, entretendo Caisotti e servindo de escudo ao irmão e sua amante, parceiro do empresário na raiva contra o irmão e ao mesmo tempo consciente de que a ocasião era favorável para levar Caisotti a alguma concessão preciosa, momento em que o tinha nas mãos e que não mais se repetiria, mas sem conseguir naquele instante se lembrar de lhe pedir algo de útil, e no fundo descontente por não poder demonstrar toda a sua solidariedade, não achou outra saída senão convencê-lo a ir com ele ao canteiro de obras para conferir o estado dos trabalhos.

Caisotti foi de má vontade, sempre tentando não perder de vista a casa, ou ao menos a cancela do jardim. Subiram pelas escadas de tábua, até o contrapiso do primeiro andar, ainda fresco. Quinto checava a angulação das paredes, as portas. — Este muro devia ser mais espesso, Caisotti — e a voz ecoava entre as paredes vazias —, venha ver, Caisotti, esta parede aqui...

E ele, sem se mover, olhava de viés para o quadrado da janela aberto entre os umbrais de tijolos nus, fixando o verde denso do jardim, e parecia a Quinto irreconhecível daquela perspectiva inusitada: — Ah, sim, mais espesso, mas nem é preciso ver, espere quando estiver pronto, com o reboco...

20

A influência de Caisotti se abalara justamente entre seus colaboradores mais fiéis. Até o gigante de cabelo ruivo, que se chamava Angerin, teve um impulso de rebelião.

Esse Angerin vivia num barracão de tábuas ali mesmo, no canteiro, um depósito para ferramentas vigiado à noite por ele; dormia no chão, como um animal, vestido. De manhã cedo, com um passo de orangotango, o olhar fixo e atônito, descia para comprar uma bisnaga, um chouriço, um tomate, e voltava mastigando de boca cheia. Talvez vivesse só disso. Raramente era visto cozinhando alguma coisa, sobre dois tijolos, numa caçarola sebosa. Parece que Caisotti lhe devia o salário de alguns meses. Angerin passava fome e, fortíssimo e obediente como era, todos os trabalhos mais pesados iam para ele. Os outros pedreiros e operários queriam receber em dia, caso contrário buscariam serviço em outras empreitadas, porque não faltava trabalho na construção civil. Caisotti se mantinha à custa de Angerin, que era submisso e incapaz de iniciativa própria; e o mantinha como escravo. Do touro que era no início das obras, de meter medo a quem topasse com ele, Angerin se tornara magro, de ombros mais curvos, os braços sempre caídos, a cara pálida; desnutrição, cansaço e pouco sono o estavam minando.

Na verdade Quinto não dava a mínima para Angerin, mas sabia de tudo pela mãe. A mãe era a única pessoa que se preocupava com o operário. Convidava-o para a casa, dava-lhe caramelos, biscoitos, roupa velha. E conversava com ele, aconselhando, recriminando, interrogando; o que para Angerin era muito cansativo, porque a mãe não entendia seu dialeto inarticulado e o fazia repetir dez vezes cada resposta. Ele também vinha do interior; Caisotti era seu conterrâneo e o chamara a ***. — Parece que nunca teve outro deus senão Caisotti — disse a mãe.

— Deve ser um filho natural — riu Quinto.

— Perguntei se eram parentes, e ele se confundiu — a mãe disse. — Também pensei nessa possibilidade...

— Ele também? Chega!

— Por que "ele também"?

— Ah, histórias!

No canteiro, os outros trabalhadores zombavam dele, faziam deboches. Tudo explodiu duma vez. Ouviram-se golpes de ferragens, estouros fragorosos de tábuas jogadas umas sobre as outras, berros. Quinto estava em casa e correu para o canteiro. Os pedreiros corriam para a rua, um deles tinha pulado do primeiro andar para o jardim, estragando umas plantas. — Angerin ficou doido! Socorro! — Dentro do edifício em construção, no primeiro andar, o gigante estava quebrando tudo. Arremessava baldes de cal contra os muros, destroçava partes dos andaimes, arrancava as cordas que os sustentavam às traves, derrubava escadas, atirava tijolos para todo lado arrebentando as quinas das paredes e arruinando as superfícies frescas de cimento. Naquele vazio, cada barulho reverberava, se tornava enorme, e isso devia excitar cada vez mais o furioso. Ninguém podia se aproximar: dava cada golpe de pá que, se pegasse em alguém, mataria no ato. A raiva contra Caisotti se desafogava assim, às cegas, sem ver quem estava na frente.

— Chamem a polícia! A tropa de choque! Não, não, chamem Caisotti, só ele pode segurar a fera! — O assistente já tinha partido no furgãozinho para buscá-lo. Quinto via aquele pouco de prédio crescido a custo desabando sob seus olhos, a armação das pilastras vergando sob os golpes de caibro, os parapeitos rachando, e já calculava o atraso na reparação dos estragos, os pontos que não seriam bem recuperados, apenas com remendos sumários, os litígios que decorreriam daquilo tudo...

Caisotti chegou montado no furgão. Assim que se ouviram os estalos do motor rapidamente se aproximando e logo silenciando, os golpes no canteiro também silenciaram. Caisotti desceu pálido, o rosto teso, mas calmo. Afastou as pessoas sem nem olhar, entrou no canteiro, percebeu a situação num relance, pegou uma escada de madeira, encostou-a na altura do primeiro andar, subiu.

Angerin já estava diante dele, com a pá erguida atrás, tomando força para golpeá-lo. Caisotti deu mais um passo. Falou sem erguer a voz, rápido: — *Angerin, ti ghe l'ài cun mi?**

O gigante estava de olhos esbugalhados e começou a tremer. Por fim, disse: — *Sci, cun ti.***

E Caisotti: — *Ti me voei amassà?****

O gigante se calou por um instante e então disse: — *Na.*****

E Caisotti, quase numa ordem, como um pedido ou uma constatação, ou até uma ordem a um cachorro amestrado: *Mola a paa...****** — Angerin deixou a pá cair. Assim que o viu de mãos vazias, Caisotti avançou num impulso, e isso foi um erro, porque Angerin encheu-se novamente de fúria, que agora era só medo: agarrou uma colher de pedreiro e a arremessou com toda a força contra o patrão. Acertou-o por um triz, na testa, abrindo um longo talho que logo se coloriu de sangue. Tudo levava a crer que Caisotti ficaria tonto de dor, mas em vez disso ele reagiu imediatamente, se não o gigante o teria massacrado. Ergueu um braço, mais como se quisesse esconder de Angerin a visão do sangue que estancar a ferida, e se lançou sobre ele. Rolaram no contrapiso; não se viu bem se foi por causa do choque, mas o fato é que Caisotti estava em cima de Angerin, e Angerin já nem tentava

---

(*) "Angerin, o problema é comigo?", em dialeto lígure.
(**) "Sim, com você."
(***) "Você quer me matar?"
(****) "Não."
(*****) "Solta a pá..."

acertá-lo, mas apenas sair de baixo, e nem isso conseguiu. Com um joelho sobre o operário, Caisotti começou a esmurrá-lo, punhos como golpes de um malho, contínuos, quase regulares, cada um pesado com toda a força, ribombando sobre as costas, sobre o tórax do homem estendido no chão, na cabeça, nos ossos.

— Vai matá-lo — disse um dos pedreiros perto de Quinto.
— Não — falou outro —, mas não vai receber nem um centavo. Todo o pagamento que receberia vai para pagar o estrago que fez. — O reboar de murros continuava. Ouviu-se um grito: — Chega! Ele não reage mais! — Quinto reconheceu a voz da mãe: estava na cerca viva, pálida, os braços apertados sob um xale.

Caisotti se levantou, desceu lentamente, de costas, pela escada de pau. O corpo de Angerin estirado no contrapiso se moveu, se arrastou, ficou de quatro, depois de pé, mas sempre curvo, sem mostrar o rosto; e assim, sem sequer tirar o pó, mancando, começou a levantar os objetos espalhados ao seu redor, colocando-os no lugar, arrumando as coisas...

Caisotti vinha vindo com um lenço vermelho de sangue sobre a testa; depois vestiu bem firme o boné, para estancá-lo. Talvez por causa da ferida, estava com os olhos cheios de lágrimas. — Não foi nada — disse aos pedreiros —, *avura purei turnà a travajà...**

— Trabalhar com esse louco? Por qualquer coisa vai nos matar! A gente não volta, a gente vai chamar a tropa de choque!

— Ele não vai fazer nada a vocês. O problema não era com vocês. Agora ele está bom. *A nu l'è, mattu. Nu stai a ciamà nisciun. Andai a travajà.*** — Tornou a subir no furgãozinho, com o lenço empapado de sangue sobre os olhos, pisou no pedal, ficou um instante balançando ao estalar do motor, cegado pelas lágrimas que lhe rolavam nas faces, e então partiu.

(*) "Podem voltar ao trabalho."
(**) "Ele não é louco. Não precisam chamar ninguém. Voltem a trabalhar."

21

No inverno Quinto esteve quase sempre fora, em Milão; era secretário de redação da revista de Bensi e Cerveteri. Aparecia em *** de vez em quando, por poucos dias. Chegava à noite e, ao subir para casa, passava em frente ao canteiro. No escuro, a sombra do edifício sempre se apresentava envolta na armação dos andaimes, vazada pelas janelas ocas, sem cobertura. As obras avançavam tão lentamente que, de uma viagem a outra, Quinto encontrava tudo no mesmo ponto. Agora tinha a impressão de que a forma definitiva do edifício fosse aquela; não conseguiu imaginá-lo terminado. Toda a paixão pela prática, pela realidade concreta, ei-la ali: um amontoado de material inútil, que não chegava a ser nada, veleidades, tentativas não concluídas. Somente quando estava entre Bensi e Cerveteri se sentia um realizador, e isso lhe servia para vencer o complexo de ser menos culto e sutil do que eles; também lá se sentia em permanente contradição interna, mas eram contradições mais cômodas; o que dera nele para se meter naquela empreitada imobiliária? Perdera a vontade por aquilo, ficava em Milão por meses inteiros sem pensar na obra, e todos os transtornos recaíam nos ombros da mãe.

Quanto ao irmão, como confiar nele? Preparava-se para concursos, andava esquálido feito uma larva, e não havia jeito de desviá-lo um milímetro de seus trilhos; a cada três ou quatro meses ia encontrar a mãe durante férias brevíssimas. Uma vez, ao chegar, Quinto o encontrou ali; estava em *** fazia uns dias; viram-se de manhã; Quinto, que chegara à noite, estava tomando banho quando Ampelio entrou. Quinto o atacou de pronto: — E então, o que você fez, conseguiu o quê? Solicitou o sequestro de bens pela falta de entrega da obra? E a hipoteca? — Estava alegre por ter finalmente alguém para azucrinar, em quem pudesse desafogar a má consciência e o rancor por aquele negócio que parecia tão simples e que se revelava cada vez mais complicado.

Ampelio estava em pé, na entrada do banheiro, de sobretudo, com um guarda-chuva pendurado no braço. Atrás dos óculos não se via nem sombra de olhar. — Não há nada a fazer — disse calmo.

Quinto estava de pijama: — Como assim, nada a fazer? — gritou. Enxugou-se depressa. — Nada a fazer? Nós temos a cláusula da "reserva de domínio"! — e voltou para o quarto de dormir, empurrando o irmão. — Não entregou os apartamentos? Pois bem, nós retomamos o terreno e tudo o que estiver nele! É preciso agir!

— Pare com isso — disse o irmão.

Quando Ampelio vinha com aquele tom, Quinto era capaz de perder a cabeça; sabia que o irmão era assim, que quanto mais ele se irritava, mais o outro lhe opunha sua calma lacônica e altiva, e no entanto Quinto sempre perdia o controle. — E você? Ficou aqui cinco dias... Devia ter começado uma ação com Canal, apresentar uma denúncia no fórum, mas fez o quê?

— Fique de olho nesse Canal — disse Ampelio.

Desprezar tudo e todos era um vício de Ampelio que Quinto não conseguia tolerar. — Por quê? O que você tem contra Canal? Canal é meu amigo! Canal é uma pessoa de escrúpulos! Ele nos dá assistência grátis *et amore dei*! O que lhe deu agora, de ficar contra Canal?

Quinto se vestia sentado na cama. Ampelio estava diante dele, em pé, encapotado, as mãos na alça do guarda-chuva apontado para o tapete. Quinto também sentia o desconforto de estar seminu, e o irmão, todo vestido.

— Se ele nos assiste de graça, isso não é motivo para dizer o que diz — rebateu Ampelio. — Sabe o que ele me falou? Que não entende o que estamos querendo, que fomos nós que quisemos nos meter com Caisotti e agora temos de aguentar e, se entrarmos com uma causa, vamos perder até a roupa do corpo...

— Que nada! Vai saber o que você disse a ele! Vai saber de que modo o consultou! Você nunca foi capaz de lidar com as pessoas. Esteve aqui cinco dias sem resolver nada! Caisotti já está vendendo os apartamentos dele antes de ter acabado a obra, e nós estamos aqui, de braços cruzados. Se tivéssemos inquilinos que precisassem ocupar o edifício, ele teria que terminá-lo de qualquer jeito! Você foi atrás de inquilinos? Esteve na imobiliária?

Ampelio sempre dava um tempo antes de responder, parado, olhando o vazio. E então: — Você está com cara de bunda.

— O que você disse?

Nenhuma resposta.

— O que você disse? — Quinto o sacudia por um braço. — Vamos, o que você disse? Quer dizer que eu não faço nada e depois crio caso com você, é isso? Hein, é isso? — e o sacudia pelo braço, mas Ampelio não dizia mais nada. — E todo o tempo que fiquei aqui descascando abacaxis por você, inclusive por você, fiquei aqui meses me danando, e você nem aí, não me dizia nem obrigado. Não é verdade o que estou dizendo, só me diga isso, não é verdade?

Ampelio era do tipo que sempre ocultava suas razões. Bastaria que dissesse: "Mas você ficou aqui três meses tomando banho de mar!", e Quinto desabaria, sem saber o que falar. Em vez disso, nunca dava satisfações, nem sequer quando brigava. Disse: — Chega, me deem minha parte, vamos dividir os apartamentos, eu vendo os meus do jeito que estão, a Caisotti, a qualquer um, o que me oferecerem eu pego, mas não quero mais discutir com você, só lamento por mamãe, que vai ficar em suas mãos.

— O quê? Mas o que é que há — Quinto o apertava pelos pulsos —, por que não quer reconhecer que o que foi feito até agora fui eu que fiz, eu, que trabalhei inclusive por você.

Ampelio se afastou: — Você está doente, doente dos nervos. Vá a um médico, vá se consultar.

— Por que esses insultos? Por que está me tratando assim? — gritou Quinto, e partiu para esmurrar o irmão. Ampelio desabou na cama, nem sequer se defendia, apenas mantinha os cotovelos e os joelhos erguidos de modo que os murros de Quinto, mais raivosos que fortes, só lhe atingissem os braços e as pernas. Ainda trazia na mão o guarda-chuva, mas o mantinha abaixado, paralelo ao corpo, sem tentar usá-lo contra o irmão. Os óculos caíram sobre a cama. Esperava, encolhido, a barba na gola do sobretudo, os olhos fixando o irmão sem exprimir nem ressentimento nem nada, apenas o alheamento dos míopes e uma absoluta distância.

Quinto parou logo. Ampelio se reergueu, recolocou os óculos. — Vá a um médico, você não está normal, precisa de uma consulta — e saiu do quarto.

22

No final do inverno, Quinto conseguiu um trabalho no cinema, em Roma. Deixou a redação da revista, desentendendo-se com Bensi e Cerveteri. O mundo romano era pródigo e sem preconceitos; o produtor era um desses que desencavavam centenas de milhões da noite para o dia; vivia-se sempre em bando, as cédulas de dez mil circulavam como se fossem ninharia, as noites eram passadas nas trattorias e depois iam beber na casa de um ou de outro. Quinto passava mal com a bebida, mas finalmente vivia. Ainda não tinha visto muito dinheiro, mas pelo menos estava circulando.

As cartas que lhe chegavam da mãe, com aquelas preocupações miúdas, aquele arrastar-se de qualquer pequena questão, lhe davam um tormento insuportável: perdera-se a ocasião de um possível aluguel porque os cômodos ainda não estavam prontos, Caisotti tinha terminado o teto, mas sobre ele construíra uma casinha para o elevador, violando os limites de altura, e Travaglia, que devia ter aparecido para constatar o abuso, havia sumido. Quinto agora vivia em outro mundo, onde tudo era fácil, tudo se arranjava, tudo se fazia depressa, mas nem por isso podia descuidar de seus negócios em ***, já que, pelos seus cálculos, no cinema, quanto mais se ganhava, mais se gastava, e o dinheiro nunca era suficiente. Andava atrás de uma jovem francesa, uma da "coprodução", estava sempre naquele meio, uma vida sem raízes. E cada vez mais a ideia da construção o feria por dentro, como um espinho.

Assim que teve uns dias livres, foi a ***. "Agora tomo as rédeas da situação e resolvo tudo num piscar de olhos", dizia para si, com a impressão de ter contraído o estilo do cinema. Mas lhe bastou chegar lá e ver o espaço lamacento, atravancado, sobre o qual crescia a esquálida construção de cimento incompleto, lhe bastou ouvir a mãe listar as questões (interminável, própria de quem devia pensar nas redes de água tratada e de luz), lhe bastou tornar a ouvir a lenta cadência de Caisotti, que agora só exprimia insolência e soberba diante dos sócios desarmados e distraídos, para sentir tombar imediatamente sobre si a pegada rápida da eficiência cinematográfica, sem saber mais por onde começar.

Enquanto isso Caisotti já vendia ou alugava as unidades por meio de contratos abusivos, já que, enquanto não entregasse os apartamentos dos Anfossi, não era dono de nada. Terminou um dos apartamentos às pressas, deu até uma mão de tinta e aprontou os acabamentos, porque já vinha gente morar nele.

— Como? Quer dizer então que o senhor termina seus apartamentos quando bem entende, enquanto os nossos...

— Mas os senhores não têm inquilinos que precisam ocupar...

Sabia-se que ele responderia assim. Quinto buscou inquilinos, acionou as agências. Mas para o verão nada estaria pronto, isso estava claro. Alguém foi visitar o local: encontrou o canteiro de obras, o charco, e foi protestar na imobiliária por terem dado o endereço errado. De pronto havia somente uma loja no andar térreo, uma espécie de garagem, que Quinto pensava em alugar a algum florista, exportador ou embalador, visto que o mercado das flores era pouco distante dali. Foi até lá se informar, de manhã cedo, quando o movimento era maior, mas a estação estava no auge, não era o momento adequado para os floristas pensarem em mudanças.

O último dia que Quinto passou em *** antes de voltar a Roma era um domingo. Ao caminhar em frente ao canteiro de obras, viu um senhor observando e entrando ali. Resolveu segui-lo. Era um homenzinho idoso, de chapéu e sobretudo. Come-

çou a subir os degraus de cimento, ainda sem o mármore, chegou ao primeiro andar, meteu a cabeça nas portas sem batentes.
— Desculpe, o senhor está procurando alguém? — gritou Quinto pelo vão da escada. O velhinho passava de um local a outro, evitando as latas. — Não, não, só estava olhando...
    Quinto também subiu ao primeiro andar. Deu uma volta inteira, tentando encontrar o velhinho; por fim, o viu entrar por um terraço. — Está procurando casa para alugar? — perguntou Quinto. O velhinho já subia pelas escadas. — Não, não. Só estava olhando. — Quinto subiu ao segundo andar. — Se quiser apartamentos, os da direita são nossos. Podemos chegar a um acordo... — gritou no vazio, porque não se sabia onde o sujeito pudesse estar —, temos de três e de quatro cômodos — e então se deu conta de que o homenzinho estava no andar de cima. Correu pelas escadas e repetiu: — Temos de três e de quatro cômodos.
    Mesmo dizendo que não, aquele senhor devia estar procurando casa. Se não, por que teria vasculhado tudo como se quisesse conhecer cada vão, cada detalhe do edifício? Era só saber como convencê-lo agora, de modo a fechar negócio com ele, e não com Caisotti. — Agora o senhor está vendo tudo em desordem, mas, se quiser alugar, é questão de dias e tudo ficará arrumado, e o senhor pode trazer seus móveis.
    O velhinho nem o escutava. Verificava os tubos de descarga, os lavabos... A certa altura, Quinto pensou que fosse surdo. Mas no início lhe respondera logo. — Se acertarmos agora, no mês que vem o senhor já pode trazer seus belos móveis... — gritava, mas do terceiro ao quarto andar ainda não havia escada, e no terceiro o velhinho já não estava. Quinto se assustou: será que, com aquela mania de meter o nariz em tudo, tinha caído no poço do elevador?
    Não, logo o viu surgir equilibrando-se na beirada do teto, que seria um terraço, mas ainda estava sem a mureta ao redor. Subiu até ali pelas tábuas que eram usadas pelos operários, tinha ido ali inspecionar as caixas-d'água e agora descia, bambeando

sobre aquelas tábuas, dobrando os joelhos e espichando os braços para a frente.

Quinto foi dar uma ajuda. — Mas então me explique: se o senhor não quer comprar nem alugar, por que se interessa tanto pelo edifício?

Recusando a ajuda, já tinha chegado ao térreo e começava a descer as rampas com degraus. — Nada — disse —, estava olhando como é, porque preciso hipotecá-lo.

23

Na primavera, a filmagem se deslocou para Cannes, onde seriam rodadas as externas. Quinto ia e vinha entre Roma e Cannes e às vezes se hospedava na mansão do produtor francês em Juan-les-Pins. Passava por *** de trem ou de carro, mas não parava porque não tinha tempo, e também porque não conseguia passar do ritmo do cinema para o da empresa Caisotti. Habituado a uma existência econômica e mentalmente recolhida, essa vida dispendiosa em todos os sentidos o submetia a um contínuo esforço. Era difícil manter a garota francesa. Para Quinto, toda esperança de felicidade se dissipara: eis que lhe coubera uma vida que parecia a mais feliz, e ele permanecia triste.

De *** as notícias eram cada vez mais complicadas. Um sujeito que havia comprado de Caisotti uma garagem ali embaixo depois ficou sabendo que a propriedade de Caisotti podia ser contestada e foi correndo conversar com a mãe. A mãe o desaconselhou a comprar qualquer coisa de Caisotti enquanto o empresário não tivesse cumprido seus compromissos. Quando Caisotti soube disso, estourou um grande litígio: ameaçava processar a mãe por ter causado dano a seus interesses. Claro, não podia honrar seus compromissos — dizia — se os Anfossi faziam de tudo para caluniá-lo e mandar o negócio às favas! Enquanto isso, Canal redigira uma notificação a Caisotti alegando inadimplência de contrato, requerendo reparação de danos pelos aluguéis não pagos e por violação da cláusula referente à altura da construção. Se o empresário não prestasse satisfações dentro de um mês, denunciaria o contrato aos tribunais. Mas Caisotti, que agora também tinha um advogado — a dra. Bertellini —, mandou preparar igualmente sua denúncia: acusava a sra. Anfossi de calúnia e difamação, de violação de contrato (pela questão da fossa, que não tinha sido esvaziada no tempo devido) e, finalmente, também de furto, pelos tais tubos de irrigação do ano anterior, que continuavam vindo à tona toda vez que havia uma brigava. Eram acusações sem pé nem cabeça, mas, se Canal apresentasse sua denúncia, Caisotti responderia com a dele, só para enrolar e arrastar as coisas. Estavam em tratativas para chegar a um acordo.

Justamente no bem-bom, Quinto foi catapultado da Côte d'Azur a Roma. O "coprodutor" francês se retirava do filme; a casa italiana estava num mar de dívidas. Rodaram uns interiores em Cinecittà, depois a crise se agravou e tudo foi suspenso. De ***, a mãe escrevia que finalmente tinha encontrado alguém para alugar a loja, uma tal de sra. Hofer, que despachava gladíolos para Munique.

Em setembro o produtor italiano faliu, o filme foi comprado por uma nova casa, de um grande especulador de terrenos para construção, que se apressou em terminar o filme com poucos recursos. Quinto não foi mais chamado; suas atribuições de "assistente de roteiro" foram consideradas supérfluas. Achava que ainda tivesse algum dinheiro a receber, mas lhe mostraram que, segundo o contrato, não tinha direito a mais nada. Com a francesinha, tinha rompido desde Cannes. Voltou a ***. Estava sem trabalho e sem um centavo.

A mãe agora implicava sobretudo com a sra. Hofer. Não pagava o aluguel, não era possível encontrá-la, não respondia às cartas, parece que tinha ido para a Alemanha. Finalmente ela apareceu, e Quinto estava lá. Tinha um metro e oitenta de altura, era enérgica, cheia de formas, um tanto corpulenta, mas bem--feita; uns seios que pareciam explodir do tailleur, de cintura estreita, ancas fartas, pernas um pouco masculinas, mas compridas.

Tinha um rosto quadrado, comum, porém altivo, de mulher que sabia o que queria; os cabelos louros e crespos amarrados atrás por uma fita rosa que destoava do resto. Quinto, logo curioso e inquieto diante do corpo da alemã, a cravava de olhares, mas a sra. Hofer, com a face de mármore, continuava se dirigindo à mãe. Falava italiano com um sotaque marcado, porém com fria desenvoltura; comunicou que tinha precisado ficar na Alemanha mais que o previsto, e por isso não pudera pagar o trimestre, mas agora poria os negócios em ordem e dentro de uma semana voltaria a pagar. Foi embora com o passo sólido de seus sapatos masculinos. Quinto nem conseguira cruzar seu olhar.

Vendo a semana chegar ao fim, a mãe começava a dizer: — A senhora Hofer ainda não veio... — E Quinto, mergulhado numa espreguiçadeira enquanto lia *Felix Krull*: — A senhora Hofer... A senhora Hofer... Vamos fazer a senhora Hofer pagar... — E mentalmente continuava a brincar e a concentrar-se no nome e na imagem da sra. Hofer, e na sra. Hofer pouco a pouco assomava tudo o que ele não tinha tido, as coisas em que não conseguira superá-la: a especulação imobiliária, o cinema, a francesinha... "A senhora Hofer...", sorria maliciosamente para si, "pode deixar que eu cuido da senhora Hofer..."

A sra. Hofer ficava na loja somente de manhã cedo, na hora em que as flores chegavam do mercado, com dois funcionários empacotadores. Supervisionava a confecção dos cestos de gladíolos, que depois os funcionários levavam aos correios que partiam para o aeroporto de Milão; feito isso, ela baixava a porta e ia embora. Quinto se levantava tarde e nunca a encontrava. Mas ela havia deixado o endereço de casa.

Quando se passaram oito dias, Quinto disse à mãe: — Me dê o recibo do trimestre, com a assinatura, os carimbos e tudo: vou à casa da senhora Hofer e voltarei com o pagamento.

Morava numa velha casa na marina. Ela mesma abriu a porta. Vestia uma camisa de mangas curtas; braços brancos um poucos mais moles do que Quinto imaginara. O rosto era inquisidor, como se não o reconhecesse. Quinto sacou depressa o recibo dizendo que, como ela não tinha tido tempo de ir até lá, ele mesmo viera acertar... Ela o convidou a entrar; uma sala com almofadas bordadas, bonecas, provavelmente de um imóvel mobiliado. Sobre uma cômoda, duas fotografias de homens com flores na frente: um aviador alemão e um oficial italiano, que Quinto teve a impressão (sempre pronto a pensar o pior) de estar vestindo o uniforme da República Social.

— Não era preciso se incomodar e vir até aqui, senhor Anfossi — dizia a Hofer —, eu mesma passarei amanhã ou depois...
— Os olhares de Quinto vagavam num vaivém entre os olhos dela, sempre distantes e distraídos, e o corpo que, ao contrário, era de uma carne firme, cheia...
— Mas por que não acertamos agora? Eu trouxe até o recibo... — e a inflexão de Quinto tentava ser levemente jocosa, ou melhor, alusiva; enfim, de quem tentava sair daquela secura de tratamento. Mas que nada: ela parecia inalcançável diante das impalpáveis vibrações. — Senhor Anfossi, se lhe disse que vou passar amanhã ou depois de amanhã, quer dizer que o valor do pagamento não me estará disponível antes de amanhã ou depois de amanhã... — No fim das contas, demonstrava uma bela cara de pau ao dar uma resposta dessas, sem pestanejar, depois de todo o atraso. Mas não era essa a resistência que Quinto estava decidido a vencer.

Deu um risinho e disparou: — Senhora Hofer, é triste ter de brigar com uma mulher bonita como a senhora...

A sra. Hofer não esperava por isso, deu para notar, e por seus olhos passou um brilho veloz, que logo podia tornar-se irônico. Mas Quinto, ligeiro como um maníaco sexual, já tinha alongado uma mão para desabotoar sua camisa. A Hofer recuou num impulso ofendido e então pareceu recuperar-se, parando: — Senhor Anfossi, o que quer de mim...? — E já se abraçavam.

A Hofer era uma leoa. Ele estava dominado. Passavam voando de um canto a outro da sala, mas ela se mantinha sempre de pé. Quinto não entendia mais nada; buscava uma desforra por tudo, e agora a conseguira. Nessa fúria, a certa altura quase perdeu os sentidos e se viu deitado de costas e exausto entre as bonecas do sofá. A Hofer estava sempre de pé, na frente dele, e o olhava com um leve ar de desprezo. Não sorrira nem um instante.

Quinto se recompôs tentando não pensar em nada. A Hofer fez o gesto de acompanhá-lo até a porta. Só para dizer alguma coisa, Quinto tirou o recibo do bolso: — Então, por esta vez, passa...

A Hofer fez um breve aceno, como para que ele aproximasse a mão, pegou o recibo, foi até a cômoda, abriu a bolsa, guardou o recibo na bolsa, foi à porta, abriu: — Boa tarde, senhor Anfossi.

Quinto saiu. Os dias começavam a encurtar. Estava escuro.

24

A advogada Bertellini e Quinto se conheciam desde os anos de colégio, mas agora, no encontro entre as duas partes no escritório de Canal, ela ostentava a frieza da profissão, dirigindo-se apenas ao colega, a cabeça inclinada sobre os papéis. Não tinha o ar de estar bem informada nem sequer sobre os termos da questão; Caisotti precisava decidir tudo sozinho, enquanto ela tentava dar uma roupagem jurídica ao que ele dizia.

— Mas vamos — lhe dizia Canal por trás da escrivaninha —, como se pode sustentar uma denúncia de furto contra a professora Anfossi? O juiz vai rir na cara de vocês... Você mesma deveria aconselhar seu cliente a não exagerar nas brincadeiras...

Sentado numa poltrona Voltaire, com os punhos cerrados sobre os braços do assento, Caisotti estava com a cara fechada e terrível. A advogada revolveu os papéis: — Então, no dia 18 de junho de 1954... quatro tubos de ferro usados para irrigação, medindo...

Nos anos seguintes à Libertação, Bertellini tinha sido companheira de partido de Quinto. Tinha começado a carreira patrocinando ações cíveis para as famílias dos mortos em combate contra os ferozes rastreadores, em processos de arrepiar os cabelos. Agora estavam ali, discutindo um imbróglio edilício, acusando-se mutuamente.

Quinto esboçou um pálido aceno à antiga amizade: — Mas o que é isso, Silvia, o que você está dizendo...

Ela não levantou a cabeça dos papéis: — Meu cliente afirma que no dia 18 de junho...

Canal, com palavras de homem pouco eloquente mas prático, quase resmungando como quem está cansado de tanta ficção, nauseado de ver como as leis podem servir de escudo aos desonestos, mas de todo modo consciente de que as coisas são assim e que seu trabalho é buscar ajustá-las na medida do possível, reparar os danos causados por picaretas que se acham espertos e por veleidosos de cabeça nas nuvens que acham que tudo se lhes deve — trapalhões tanto uns quanto outros, da mesma maneira —, Canal, portanto, tentava persuadir a parte contrária de que não era o caso de arrastar demais o litígio recorrendo a intermináveis cavilações, pois as promissórias precisavam ser pagas, as obras deviam ser entregues, os valores podiam ser renegociados, seus clientes se davam conta de que não convinha levar a empresa Caisotti à falência e por isso propunham uma última cifra, senão, desta vez, realmente iriam aos tribunais.

Essa tática conciliadora tinha sido recomendada a Quinto por Canal. — O que vamos fazer? — lhe dissera um dia antes. — Você já perdeu a vontade, é mais que evidente... Nunca está aqui, deixa todos os problemas para sua mãe, que teria todo o direito de estar em paz e, em vez disso, se envolve de coração... Caisotti não tem nenhuma reputação a perder: chegou aqui com as calças remendadas, vive que nem um mendigo, age feito um ladrão de galinhas com todo mundo, nunca se consegue pegá-lo porque ele nunca faz o que seria lógico prever que fizesse... No entanto, com esse sistema, é alguém que está sempre aí, com quem sempre é preciso acertar as contas...

Canal comunicou a cifra combinada com Quinto. A advogada se virou para Caisotti. O empresário torceu os lábios e fez sinal de não. — Meu cliente não considera viável negociar com base nessa proposta — disse ela. Caisotti se levantou, ela se levantou, apagou o cigarro, recolheu os documentos na pasta, pegou a bolsa, apertou a mão de Canal, de Quinto, e saiu depressa, atrás do cliente com as mãos no bolso.

— Ah, eu sei, eu sei — disse Canal, já sozinho com Quinto, abrindo os braços —, é um ignorante e, além de tudo, um cretino, não dá para entender o que ele ganha em não pagar, em não terminar logo... Mas é assim, infelizmente é assim... — e lhe estendeu a mão.

Quinto gostaria de ficar um pouco mais e falar de sua experiência no cinema, mas Canal tinha compromissos e se despediu. Agora finalmente tinha algo a contar que interessava a todos, Cinecittà, as atrizes francesas, não como na época em que só tratava de polêmicas ideológicas e nunca sabia o que dizer aos velhos amigos. No entanto, agora, só lhe ocorria falar de Caisotti.

Caisotti, Caisotti, Caisotti... Não aguentava mais. Sim, sabia como era aquele homem, sabia que ele sempre saía vitorioso, foi o primeiro a entender isso! Mas será possível que todos o aceitassem como um fato normal, que só o criticassem com palavras, que não se preocupassem em combatê-lo, em destruí-lo... Sim, claro, foi ele quem se meteu nisso, ele quem exaltou Caisotti contra a opinião de todos os sensatos... Mas então lhe parecia que fosse outra coisa, que fosse o termo de uma antítese, que fizesse parte de um processo em movimento... Agora Caisotti não era mais que um aspecto de um todo uniforme e cinzento, de uma realidade que era preciso negar ou aceitar. E ele, Quinto, não queria aceitá-la!

Para não falar do tabelião Bardissone, que, quando Quinto foi encontrá-lo, fez uma espécie de panegírico a Caisotti. — Mas ele vai pagar, confie em mim, não é um sujeito mau como parece, se fez do nada, pense nisso, e agora já tem uma empresa considerável, o momento é duro para todos, para os de cima e os de baixo etc., mas tente chegar a um acordo, ouça o que lhe digo, ele é um bom homem.

Travaglia estava muito envolvido com a política. No ano seguinte haveria eleições municipais, e se especulava que ele quisesse apresentar-se como prefeito na lista majoritária. Certo dia os dois se encontraram na rua, caminharam juntos um trecho, Quinto lhe explicou rapidamente os bastidores do cinema, bancava o homem vivido. Diante do café Melina, encontram Caisotti. Quinto e ele, depois da última conversa, já não se cumprimentavam. No entanto Travaglia parou para apertar a mão dele. E, passado certo tempo, lhe diz: — E aí? E essa questão com os Anfossi?

Caisotti desandou a falar com sua voz lamentosa, mas em termos vagos, e Quinto só intervinha com um dar de ombros. Já Travaglia procurava raciocinar, convencer Caisotti, mas apresentava os argumentos dos Anfossi com o ar de quem explica as razões de uma criança, de alguém que é preciso tentar entender sem esperar que corresponda à lógica usual. Por fim, Caisotti se saiu com uma proposta: pagaria uma parte do que devia aos Anfossi, mas os Anfossi — que evidentemente não poderiam cuidar disso — lhe dariam seus apartamentos para que ele os administrasse. Ele se encarregaria de conseguir inquilinos e cobrar os aluguéis e, ao final do ano, faria o depósito de determinada quantia.

Era um sistema em que eles seriam comidos vivos por Caisotti, como Quinto logo percebeu; mas também percebeu que era um meio de livrar-se daqueles pensamentos, pelo menos por um ano, e de não sentir remorso por deixar a mãe sozinha na batalha dos aluguéis. Travaglia também entendeu logo que a solução tinha aspectos positivos para os Anfossi, e a incentivou. Quinto tentava puxar o mais que podia. Terminaram todos no escritório de Caisotti. Havia uma nova secretária, uma ruivinha, móveis novos, uma nova luminária, dessas de tubos. Caisotti acomodou o engenheiro e Quinto ofereceu cigarros. Entrou uma mulher, uma baixinha do interior, já avançada em anos, com um menino. — Minha mulher — Caisotti a apresentou. — Veio também para ficar. A essa altura tenho poucas relações com minha cidade.

Ficou acertado que Quinto falaria de tudo com a mãe e o irmão, que devia chegar justamente agora.

Estava subindo para casa, sozinho, quando viu o velho marceneiro Masera, que vinha descendo de bicicleta pela rua e freou para cumprimentá-lo.

117

— Vai ficar aqui por uns dias? Para tratar de negócios? A construção... Passo sempre ali em frente, sempre vejo tudo no mesmo ponto e penso em você, em sua mãe, em quanto aborrecimento devem ter de suportar... É verdade que Caisotti ainda está devendo umas promissórias? Desculpe, sabe, eu nunca quis lhe dizer nada, às vezes o encontrava meio preocupado e me dizia: agora falo com ele, mas depois não tinha coragem... Muitas vezes falamos disso, entre os companheiros... Mas será possível que vocês foram se meter nas mãos daquele Caisotti...? Você não sabia quem era aquele tipo? E as confusões que aprontou com a gente, lá na ANPI?*

Quinto estava no ápice do nervosismo, mas ao mesmo tempo se sentia como libertado: a tentativa do negócio imobiliário, que ele tinha enaltecido e exaltado dentro de si como para defendê-lo de uma acusação por parte de Masera e dos companheiros, era no entanto uma coisa sobre a qual se podia conversar tranquilamente com eles, e na qual eles estavam do seu lado, o acompanhavam...

— Sim, eu sei que vocês tinham pressa em vender, que precisavam pagar as taxas — dizia Masera —, e até fizeram bem ao entrar em acordo para que vocês mesmos construíssem... Se for para deixar na mão dos outros, tanto melhor... Mas por que não veio falar com a gente na seção? Pelo menos lhe daríamos uns conselhos... Há uns empresários que, se não são propriamente companheiros, são nossos amigos, ou de qualquer modo não fariam um papelão com a gente... Além disso, temos também uma cooperativa já bem encaminhada, nossa... Venha discutir com a gente numa noite dessas: queremos mover uma grande ação para combater a especulação, tabelar preços para as áreas, exigir que se respeitem os regulamentos... Não é possível continuar aceitando tudo o que está acontecendo agora, essas negociatas... Dá para lutar... Dá para fazer muita coisa... Aliás, agora que você vai precisar de inquilinos, pergunte a nós, de vez em

---

(*) Associação Nacional dos Partisans da Itália.

quando ficamos sabendo de alguém, às vezes nos escrevem lá na seção, de Turim, de Milão, às vezes até companheiros de posses, se pudermos dar alguma indicação...

Quinto voltou para casa como se arrastasse um cadáver nos ombros: estrangulado pela fala bonachona de Masera, o individualismo do livre e aventuroso empreendedor revirava os olhos românticos ao sol do meio-dia.

Ampelio estava em casa, e os dois se trancaram na sala de jantar, ocupando toda a mesa de papéis; começaram a refazer as contas desde o início.

A mãe estava no jardim. As madressilvas exalavam seu perfume. Os agriões eram uma mancha colorida e bem viva. Se os olhos não se voltassem para o alto, onde de todos os lados surgiam as janelas dos prédios, o jardim era sempre o jardim. A mãe circulava de canteiro em canteiro, cortando os ramos secos, conferindo se o jardineiro havia regado toda a área. Uma lesma subia por uma folha aguda de íris: ela a destacou e a jogou na terra. Um estouro de vozes a fez erguer a cabeça: no alto da construção estavam passando o betume no terraço. A mãe pensou que era mais bonito quando faziam as casas com tetos de telha e, quando terminavam o telhado, metiam em cima a bandeira. — Meninos! Meninos! — gritou para as janelas da sala de jantar. — Terminaram o teto!

Quinto e Ampelio não responderam. A sala, com as persianas abaixadas, estava na penumbra. Sentados com maços de papel nos joelhos, eles refaziam as contas para ver quando amortizariam o capital. O sol sumia depressa atrás do edifício de Caisotti, e por entre as faixas das persianas a luz que batia na prataria do bufê era cada vez mais fraca, agora era apenas a que passava entre as faixas mais altas e se apagava aos poucos nas curvas lustrosas das bandejas, das chaleiras...

5 de abril de 1956 — 12 de julho de 1957.

ESTA OBRA FOI COMPOSTA PELA SPRESS EM GARAMOND E IMPRESSA EM OFSETE
PELA RR DONNELLEY SOBRE PAPEL PÓLEN BOLD DA SUZANO PAPEL E
CELULOSE PARA A EDITORA SCHWARCZ EM AGOSTO DE 2011